长歌集

凭风 著

华龄出版社
HUALING PRESS

责任编辑：程　扬
责任印制：李未圻

图书在版编目（CIP）数据

长歌集 / 凭风著. -- 北京 : 华龄出版社, 2020.10
ISBN 978-7-5169-1740-4

Ⅰ. ①长… Ⅱ. ①凭… Ⅲ. ①古典文学—作品综合集—中国—当代 Ⅳ. ① I217.2

中国版本图书馆 CIP 数据核字 (2020) 第 175925 号

书　　名：长歌集
作　　者：凭风 著

出 版 人：胡福君
出版发行：华龄出版社
地　　址：北京市东城区安定门外大街甲 57 号　邮　　编：100011
电　　话：010-58122246　传　　真：010-84049572
网　　址：http://www.hualingpress.com

印　　刷：武汉市卓源印务有限公司
版　　次：2020 年 11 月第 1 版　2020 年 11 月第 1 次印刷
开　　本：710mm×1000mm 1/16　印　　张：16
字　　数：175 千字
定　　价：88.00 元

诗韵流长

（自序）

1915年兴起的新文化运动，其中一项是倡导白话文，一个原因是古汉语词汇不够用了，不能准确表达日新月异的社会变化以及科技进步。随着文化交流规模的扩大，大量外来词语、句式，特别是日语词汇进入中国，影响并再造了中国现代汉语，中文重获生机。

与此同时，西方的诗歌也被大量翻译成中文引进中国。但是，翻译终究是一门充满遗憾的艺术，形似而缺乏神韵。不论从尊重原著的原则出发，还是翻译的习惯，只能用白话文进行翻译，这也催生了中国诗歌的新流派——现代诗。其实，诗歌是不能翻译的，或者说翻译的是皮毛，没翻出来的是意境和复杂的声韵结构，还有独自的文化内涵，比如一些动物、典故、自然现象的寓意，等等。

历经百年发展，现代诗涌现出了很多优秀作品。现代诗是个很独特的门类。古今中外的诗歌都有格律，无一例外。这不是他们事先商量好的，而是独立进化的，唯独现代诗抛弃格律，成为自由体诗。好在汉语的字词搭配表现力非常丰富，一定程度上可以弥补无格律的不足。现代诗可以阅读，而要朗诵或歌唱则缺乏韵律美，有时连朗诵都困难，比如："倒挂瀑布进泻溅落，搅起缕缕水影淌彩。"诗歌诗歌，诗就是歌，诗写了是用来唱的，而歌唱就必须富有音韵美，要做到抑扬顿挫、跌宕起伏、朗朗上口、便于记忆，还要避免串意，比如把"春姑"唱成"蠢姑"。这是古代先民经过漫长的大浪淘沙进化出的一套规范，已臻完美，违背不得，所谓不可亵玩，人需要有所敬畏。

进入21世纪，人们从大无畏的破旧立新的狂躁中渐渐安静下来，发现有些经过历史长河浸润积淀的文化艺术瑰宝很难创新，比如已达登峰造极地步的中华古诗词，魅力无穷，群星闪耀，光照千秋，不是轻易能被颠覆的，于是返璞归真，重拾国学，徜徉在博大精深的古代文化海洋里尽情遨游。

人活一世最根本的是为了获得别人尊重，要提升品位，要向更高的目标发起挑战，不能自娱自乐。钢琴有88个键，要弹奏好很难，如果为了降低难度而减少20个键，那就不叫钢琴，那样的琴是不登大雅之堂的。所以，难度和高端审美要求决定了艺术的生命力。流行音乐可能昙花一现，交响乐则是永恒的，唯有经过时间洗礼的经典才能万古流芳。美，有时候就是要追求极致。

洗去浮华，回归本原，拒绝快餐，崇尚经典。目前社会上出现的国学热，是对21世纪滚滚红尘的一种反叛——欣赏与写作无法一夜暴富，它需要静守孤独、皓首穷经、绞尽脑汁。当前写作古诗文的群体数量庞大，网上可见很多优秀作品，一些作品并不比古人写得差。百年轮回，格律诗词重新焕发勃勃生机，走向了发展之路。

人都喜欢唱歌，这是与生俱来的本能。诗和歌本来就相通，所以人都喜欢诗。人对真善美的追求是不懈的，诗就是美的一种体现。诗以明志，可以彰显风骨，激浊扬清，抑恶扬善，褒贬美丑，引领社会，记录感思，抒发情感，宣泄喜怒，怡情养性……如同唱歌一样，精神生活中不能缺了诗。看到大地雪白，花苞绽放，雾气氤氲，飞瀑激流，我们不会无动于衷！

说 明

本人所写诗、词、曲、赋、联，均用《平水韵》《词林正韵》写成，词按《钦定词谱》填词，除了标明别体，未标明者皆为正体。本书所载诗文共63篇，创作于2015年6月—2020年1月。

关于“宫调”

唐宋时代，词写了是拿去给乐工谱曲，然后歌唱的。乐工会根据词的喜怒哀乐配上合适的音乐。中国古乐有宫、商、角、徵、羽五个基本音阶，由此派生出六宫十一调，共计十七种宫调，作为词的宫调。

仙吕宫——清新绵邈
南吕宫——感叹伤悲
中吕宫——高下闪赚
黄钟宫——富贵缠绵
正宫——惆怅雄壮
道宫——飘逸清幽
大石调——风流蕴藉
小石调——旖旎妩媚
高平调——条拗滉漾
般涉调——拾掇抗堑
歇指调——急并虚歇
商角调——悲伤婉转
双调——健捷激枭

商调——凄怆怨慕
角调——呜咽悠扬
宫调——典雅沉重
越调——陶写冷笑

一种宫调适合十几、几十个词牌，而一个词牌对应的宫调只有几种。有人喜欢一个词牌名，拿来就填，把悲腔填成喜庆，把雄壮填成缠绵，这就不合规范了。比如《贺新郎》格调凄壮激愤，不能用来庆婚；《千秋岁》凄凉幽怨，《寿楼》哀怨凄婉，不能用来祝寿；《相见欢》格调有演变，定格后是悲情，不能写相见的欢愉；《六州歌头》适宜于抒写苍凉激越的豪迈感情，不能用来填写缠绵哀婉、儿女柔情。有一种说法，判断不准时，跟着代表作来填词，可以八九不离十。这话有一定道理，但也会出错。比如《声声慢》，代表作品是李清照《声声慢・寻寻觅觅》，跟着它填，就要用入声韵，可是当代人哪有国破家亡之痛？于是乎就把撕心裂肺填成了闺阁愁怨。

填词的难度比作诗大很多，吃透一个词牌要花许多功夫，要查考词牌的创调、演变，有时候要把一个词牌的所有词作放在一起做某一方面的统计，并结合名家的改写，搞清生卒年月，厘清承接关系，作综合分析。作者在每篇词作正文后附有**“宫调”**，用现代汉语解释了古文所写的感情层次，以及该词牌在该宫调中的适用题材，可供诗友填词时参考。作者整理了大部分宫调对应的感情层次、词作格调，附于本书之后，供诗友参考。

关于“格律”

作者在每篇词作正文后附有**“格律”**。

押平韵，指的是该词牌在该宫调时应该押平声韵。

押仄韵，指的是该词牌在该宫调时应该押上、去声韵（上去通押）。也有少量的词作押入声韵，但不是主流。

例用入声韵，指的是该词牌在该宫调时一般都用入声韵。入声韵可以突出悲壮激愤的感情。

对仗，如果有两处以上对仗，一般是工对和宽对相结合。但也不是绝对的，比如《永遇乐》，共有七处对仗句，大部分是工对。

领格字，有一字领、两字领、三字领。网上有文章可参考，作者添加整理附于书后，供诗友参考。

虚词位，是指虚词的位置。这个位置不是严格固定的，而是大致固定，可以前后调动。这是作者提出的一个概念，类似于领格字的两字领，但是没有领格字的引领功能。虚词不虚。虚词，是相对于实词而言的。一首诗词，若一味堆垛实词，不免呆板沉闷，假以虚词呼唤、衬逗，则如花叶扶疏、错落有致。辛弃疾、李清照、苏轼、陆游等诗词大家都非常善于运用虚词，他们的诗词通体灵动、摇曳生姿。作者提出虚词位的概念，但是，何为虚词？古诗词中的虚词非常宽泛，并没有一个严格的标准，需要多读，细细揣摩。如果把多人写的相同词牌的词作放在一起，每节拆开排成一列，上下对比，统计分析，就很容易发现一些规律：能够发现领格字的固定位置，能够发现虚词的相对固定位置，能够发现对仗句，能够发现不同的句读，能够发现句眼，能够发现可平可仄时平多还是仄多，能够发现特殊位置的去声字，等等。

网络的飞速发展，令写作变得方便许多。写作容易了，标准是否该提高一点呢？一首诗词作品的好坏，没有标准，各人有各人的喜好。但是，有些美感是大家一致认可的，约定俗成的。如何判断一首诗词作品的优劣？有没有比较明晰的量化指标？作者想在这方面作一些探讨。

第一，必须用平水韵写作。中华新韵就像学步车，适合刚入门的初学者，可以用来练习，不宜用来发表。中华新韵只能用于写诗，无法用于填词。因为填词涉及入声，而中华新韵都打乱了。问题不只于此，用中华新韵创作的诗词，不是原汁原味，缺少了神韵，抽离了内在的灵魂，不能叫作唐诗宋词。

第二，必须符合基本格律。失粘、失对、孤平、合掌、出韵、重韵、撞韵、犯韵、连韵、凑韵、倒韵，这些诗词弊病都应避免。网络时代了，不应再有拗救。

第三，沈约提出五言诗四声八病之说，历来颇有争议，实际操作难度大，无论古人今人均难避免。但是有其积极意义，本意还是尽量避免。问题就在于“尽量”不好把握，而致纷争不断。作者根据实际写作体会，结合朗读体验，试提出格律诗词的几个量化标准。

（1）一句内避三连同声母、三连同韵母、三连同声调、三连同词林正韵的一个部。如：纤纤小女（x）、窈窕娇影（ao）、百年好合福绵长（ˊ）。上述的声母、韵母、声调，是对现代汉语拼音而言的。虽然是用平水韵写作，但是朗读还是要用现代汉语，如果出现三连同音、调，则会感觉呆板拗口。

（2）一句的首字和末字、前句和后句的首字、前句和后句的末字（韵脚除外）、前句的末字和后句的首字，不能在词林正韵的同一个部，否则拗口。

（3）韵脚和前一个字，不能在词林正韵的同一个部（固定词组除外）。

（4）一首诗词内不能有重音、重字（叠字除外）。

（5）五七律绝的上联末字，上去入声平均分布。

本人学识有限，错谬难免，一些观点乃一家之言，还望读者同人不吝指正。

目 录

1.【史记】柳林列传

柳林，字夏乐[①]，巴县人氏也。巴蜀自古藏龙卧虎，英才辈出。林少而聪颖，敏于事而讷[②]于言，熟读经史子集，上晓天文，下通地理，博古通今，学贯中西，有经天纬地之才。

太初三十二年，帝海内纳贤，林以束发之身拔擢而出，就太学，学大艺而履大节焉[③]。林于京师游学，攻西语。其善待人，广交友，好咏歌，林咏靡靡之音，虽五音不齐，然摇唇而鼓舌，陶陶然自得焉。

林尝与友远郊踏青，遥见一水车[④]巍然矗于野，甚奇之，乃近前而观，奋臂而摇，水车岿然不动。林大怒，竟发蛮力以压叶轮，水车几欲崩。农桑之事赖诸水，时燕蓟大旱，水贵如油，农人惜水如金，安可亵玩？更殆[⑤]毁机关，误农事，罪莫大焉！农人长嚎，荷锄而至，林与友急走避，狼奔五里而回。及至太学，高墙无情，横亘而阻，林之友浩叹连连："天亡我矣！天亡我矣！"乃整衣冠而作就义状，口占《墙下歌》：

力拔山兮气盖世，
英雄末路墙下时。
我不负墙墙负我，
夏乐夏乐可奈何？

后人修图，太学修志，欲正其名，乃遍访民间，详察野史，考证演义，得其名繁多：曰佛跳墙、曰柳爬墙、曰无情墙、曰末路墙、曰负卿墙……不一而足。上奏朝廷，钦定“绝生墙”而传后世，取绝处逢生之意耳。何也？

林本属猴，猴性尚存，其上下腾挪，矫若猿猱，攀缘越篱，如履平地，故一蹿而上，复投长臂，勾连其友而越。惊魂甫定，心有余悸，乃抚膺⑥而缓行。凭空一声断喝：“休得走了——曹——阿——瞒——”惊回首，农人亦挂锄缘把⑦而骑墙，飒飒舞锄三周半，有如吕布之圆抡方天画戟。锄把遥指处，林瑟瑟而抖膝，栗栗而震股，惊耸大骇，口念老母，惶惶然无措。校军场空阔，无以掩蔽，唯一马草垛⑧，友曰：“事急矣，君且避之。”乃拽其衣袂，走奔于垛后，埋首于垛中，急念金刚护身避邪六字大明咒：“唵嘛呢叭咪吽”，旋而为农人拿获，解递校尉张万科。万科惜其才，未究，责其请罪。林负荆至农舍，农人宽以待之，晓之稼穑⑨之艰，黍稷⑩之难，林诺诺而退。

越四载，林学成而返，官拜大理寺通译。林之陋室⑪，燕然临江。巴山夜雨，洪波涌起，飞流激越，一泻千里，浩浩汤汤，声震宏宇。每客至，林必延至窗阑，江风凭阑处，春览烟纱笼江，夏观翔鸥击水，秋眺长天落日，冬望蓑翁钓雪，景致万千也。林日临窗者三：晨起品茗，吐故纳新；薄暮垂钓，怡情养性，每自比姜太公，曰愿者与匪愿者悉令上钩⑫；夜而临窗则腹孕雄文，诗兴大发焉。

昔者林于京师得闻西人之摄魂术⑬，心心念之而不能寐，尝流连东瀛国尼康大牌，垂涎久矣。乃罔顾生计，奋掷千金而贯入一匣⑭，夙夕把玩，妙处自不待言。林每㩗匣之市井，觅得窈窕佳人，趋近而突前，猛举黑匣，摄其魂，勾其影，乃去⑮。子夜晦暝，万籁俱寂，月迷星沉，鸦宿鹊静。林潜入幽闭之密室，启匣而出卷，濯水而添药，徐而漂漾之，徐而晃荡之。少顷，佳人之魅影渐现。林秉红烛⑯而窥，但见玉骨琼肢，肌雪腴肥，柔滑如绊，芳馨如嗅；更见娇颜悚惧，花容破碎，瞠目吐舌，惊魂散魄，窃喜，乃急步琴台，鼓瑟而高歌，欣欣然快哉！

太始八年，平西将军不厚谋逆⑰事发，大理寺卿立军遁入西人馆驿，余党网罗陷囹圄，而林独善其身。岂不闻良禽择木而栖，贤臣择主而事，君子不立危墙之下？此林之悟道而知命也，时人皆奇之。

林之内人，明眸皓齿，翩若惊鸿，时曰：川妹子。其主簿粮草⑱，性宽仁。每客至，必奉香茗于案几，每出游，必献殷勤于鞍前马后，时人皆羡林之洪福也。然月有阴晴圆缺，人有悲欢离合，时人共叹之。

太元三年，窗友邀林聚首京师，以慰阔别三十载相思之苦，林坚辞不出。嗟乎！古有蜀道行路难，今则电驴达四方，时人不解。京师窗友念之切切而不得一面，奈何！惟遥祝之，其必曰：且宅且珍惜！

〔注释〕

①夏乐：出自柳林法语名Charles。

②讷（nè）：迟钝。木讷。

③学大艺而履大节焉：语出汉代戴德等《大戴礼记·保傅》："束发而就大学，学大艺焉，履大节焉。"指年过15岁的少年，就可以上大学，学大艺，行大道。

④水车：柳林和薛蔚晚饭后到校外农田散步开抽水机玩。

⑤殆（dài）：恐怕。

⑥抚膺（yīng）：抚摸胸口。

⑦挂锄缘把：倒挂锄头，攀缘锄把。

⑧马草垛：北京的大太阳天儿多，沉寂了一个暑假，操场上的草丛疯长到半人高，秋季开学后第一件事就是组织学生割草，堆成小楼高，以备过冬马料。

⑨稼穑（jià sè）：农事的总称。春耕为稼，秋收为穑。

⑩黍稷（shǔ jì）：黍和稷。为古代主要农作物。亦泛指五谷。

⑪林之陋室：见图，共四层，长江边上，窗下便是滔滔长江。

⑫愿者与匪愿者悉令上钩：姜太公钓鱼，愿者上钩。柳林钓鱼比较霸道，愿者不愿者统统令其上钩。

⑬摄魂术：清人曾视西洋人照相为摄魂，把自己魂给勾去了，往往对之很排斥。

⑭匣：照相机。

⑮摄其魂，勾其影，乃去：语出唐代柳宗元《黔之驴》："断其喉，尽其肉，乃去。"

⑯秉红烛：暗房洗胶片要开红灯，这里用红烛代替。

⑰谋逆：图谋叛逆。

⑱主簿粮草：在粮店上班管账的。

2.【忆秦娥】团河[①]怀旧

风尘袭，
夜归陌上匆匆迹。
匆匆迹，
轻莎灵矫，钟祥魁硕。

关山遥待征鸿克，
双飞共赴天涯历。
天涯历，
苍霞笼盖，翠裾飘逸。

〔注释〕

①团河：大学所在地。

〔后记〕

秋风猎猎，沙尘漫漫。团河的校园，在从教室晚自习后回宿舍的土路上，每晚都留下了一对情侣（莎和祥）匆匆疾行的脚步。北方的大风猛烈，经常会把人吹歪。他们顶着凛冽的北风，互相搀扶，向前迈出坚定的步伐。莎当时经常身穿一件风衣，衣摆随风飘飞，在贫瘠的黄土地上画出了一道亮丽的风景线。这道风景线应该记录下来。

〖解读〗

上阕描写俊男倩女每天走过一段校园路，他们共同的人生路从这里起步。下阕拓展开来，描写了他们的漫漫人生路，也是秉持着扶携共济的精神，踏过崎岖，越过险滩，达到事业辉煌的巅峰。但是靠自己打拼，一路走来，非常辛苦。这一路并不都是鲜花和阳光，更多的是苍茫烟霞、风雨潇潇，体现出“忆秦娥”词牌固有的苍凉美。

〖忆秦娥〗

词牌名，作者佚名。“秦娥”本指的是古代秦国的女子弄玉。传说她是秦穆公嬴任好的女儿，爱吹箫，嫁给仙人萧史，所以《忆秦娥·箫声咽》的开篇就是“箫声咽，秦娥梦断秦楼月”。王国维在《人间词话》中称此词“以气象胜”。它博大深厚、意境开阔、气韵雄沉，又带有悲凉之气。宋代曾觌《忆秦娥·邯郸道上望丛台有感》有名句：“风萧瑟，邯郸古道伤行客。”

〖宫调〗

1. 正格夷则商，俗称林钟商。商调凄怆怨慕，应押入声韵。词作题材有怀古、伤逝、伤别等。格调压抑凄凉、低回沉抑、幽咽情调。

2. 变格无射宫，俗称黄钟宫。宫调曲雅沉重，应押平声韵。词作题材有怀人、失恋、闺怨等。格调缠绵沉郁。

本词牌有两种宫调。经查考历代《忆秦娥》词作，黄钟宫仅占一小部分。拙作宫调为林钟商。

〖格律〗

1. 袭、迹、硕、克、历、逸：例用入声韵。

2. 匆匆迹、天涯历：叠句。

3. 上下阕两个四字对句，可择一对仗，或一个宽对一个工对。

4. 如果四字句全对仗，则两个七字对句不必对仗，反之亦然。

5. 陌上、轻莎、钟祥、遥待、共赴、苍霞、翠裾：虚词位。

6. 匆匆迹、征鸿克、天涯历：本词牌三个七字句的后三字，句读多为二一读。

夜归陌上匆匆迹

翠裾飘逸

轻莎灵矫，钟祥魁硕

翠裾飘逸

3.【对联】旧雨重逢

旧雨[1]重逢

双飞旅燕飘洋会

漫舞金枫绽笑迎

〖注释〗

①旧雨：老友。

〖后记〗

乙未年金秋，法国谷纲夫妇去加拿大观赏枫叶，加拿大龚安夫妇携小女赶往观赏地，阔别30年的老同学他乡遇故知，撰对联祝贺。

4.【五绝】山城聚

阔别高朋会，江轮畅饮酣。
遥相思念苦，把酒话辛甘。

〖后记〗

北京、长沙、重庆仨同学阔别三十载相聚，当即赋诗祝贺。

5.【七绝】芳心

繁红斗艳引蜂狂，落败残荷怯晚霜。
花盛花衰劳顾惜，来年报答一丝香。

〖后记〗

朋友是摄影达人，为朋友圈所发花卉组照赋诗。

6.【史记】鸡犬斗

建安八年，岁在龙蛇。帝沉溺后宫，后垂帘干政，朝政日非。白蛇绕梁，雌鸡化雄，蝗虫肆虐，黑气障天，五原山岸尽皆崩裂。洛阳地震，天山滚石，黄河决口，海水倒灌，六月飘雪，兴安大火。江南疾雨倾盆，连月不开，吴楚沦为泽国；北州烈日炙烤，赤地千里，晋陕几成焦土。不祥之兆，非止一端，天下人心思乱，豪强占山，盗贼蜂起。

时左司马曹尔玛妄议朝政遭贬，避祸于不周山，日耕耘锄禾，畜禽牧羊，舞文弄墨，吟诗作画，自比竹林七贤，逍遥乎乐哉。

春日，尔玛与书童凉亭对弈，忽闻鸡犬之声骤起，往视之，乃护宅之黄犬，缚鸡于腋下，以爪徐徐摩挲其亮羽，图谋不轨，欲行鸡奸。尔玛厉叱之，鸡乃得脱。

金鸡横遭凌虐，受奇耻大辱，羞愤难当，是可忍孰不可忍。金鸡昂昂然，作悍妇状，冠羽偾张，怒发倒竖，虬筋毕露，目眦尽裂，似霸王附体焉。黄犬毛骨悚然，作伏虎状，怒目相射，呜咽低吼。

金鸡上步，如白鹤亮翅，冲天而跃，以苍鹰搏兔之势独劈华山，喙击黄犬，一啄得其所。黄犬动若脱兔，嗷嗷然移形换位，倒转七星步，似蛇形转身，接虎尾鞭扫，奈犬尾之于虎尾相去甚远，徒有形而无力矣。金鸡乘其不意蹑其后，黄犬一时不知其置身何所。金鸡效何仙姑月下过洞庭，碎步疾行，直抵其胯下，行甲鱼翻身，亮金钩探爪功，爪如利刃，直刺丹田。

黄犬败下一城，领略强敌之威，乃蛰伏于地，静若处子，狡而少动，黠而多谋，收腹隆背作盘弓射雕状。金鸡一喷一醒然，再接再厉乃，对以白蛇吐信，静观其变。鸡犬一张一弛，两两相持。黄犬觅得破绽，如铁骑突出，天山飞渡，似青龙出水，饿虎扑食，以泰山压顶之势直取金鸡。金鸡敏而侧腾，避其冲甚巧，即乘来势，施燕子抄水术，翻身相啄，一啄得其鼻，二啄残其目，三啄毁其容，黄犬巧不及避，乃大受荼毒，回旋复回旋，愤愤然哀号不已。

金鸡又下一城，桀骜不驯，展翅如大鹏，显露峥嵘，傲然阔步于犬首左右，以养其气，以喘其息。旋而鸡犬复斗，于是各张武勇，各施绝技，旋风脚、扫堂腿、劈卦掌、破甲锥……且前且后，拧身滚肘，乌龙搅柱，一如刀光剑影，翻云覆雨，大漠飞沙而走石，烟尘弥天而蔽日。如是者三，黄犬力衰技穷，金鸡一鼓作气，起七步追魂排山掌，排云推月，势不能当。黄犬不堪其利，作牛喘声声，退避三舍。金鸡再捷再克，一雪前耻，盛气而鸣，作翔鹰抖翅状，凯旋而归。

尔玛爱其犬，亦怜其鸡，然不意竟遇鸡犬相斗，奇也哉，虽百思而不得其解。呜呼！草木共生，鸡犬相克，此乃天意而为？遂著文以记之。

太史公曰：古人云，鸡不与犬斗，男不与女斗，世间万象有征兆。鸡犬之声相闻，乃桃花乐园矣；鸡犬不宁，其兆大不吉。

7.【虞美人】乡思

粉墙黛瓦闲潭绕，古巷青灯照。
涧桥记共赏飞淙[1]，依旧北山烟雨润空蒙。

当年垄笛迷沙渡[2]，流水[3]无寻处。
一钩残月送归帆，独唱离歌别曲付江岚[4]。

〔注释〕

①飞淙（cóng）：飞泉。

②沙渡：白沙渡，位于浙江桐庐富春江畔的古渡口。

③流水：岁月流逝，当年的渡口，以及在渡口听到垄上吹笛挽留的人，已元寻处。

④江岚（lán）：江上雾气。

〔虞美人〕

词牌名。“虞美人”成为词牌名，有一段凄美的故事。西楚霸王项羽功成后把爱姬虞封为美人，当时内宫分皇后、夫人、美人、良人、八子、七子、长使、少使八等。相传项羽兵败垓下被围，夜闻四面楚歌，哀大势已去，在营帐中酌酒悲歌，为虞姬作《垓下歌》：“力拔山兮气盖世，时不利兮骓不逝，骓不逝兮可奈何，虞兮虞兮奈若何？”歌词苍凉悲壮，情思缱绻悱恻，叱咤风云的一代枭雄，流露出了英雄末路、儿女情长的哀叹。虞姬容颜倾城，才艺并重，舞姿美艳，此时怆然拔剑起舞，以歌和之：“汉兵已略地，四方楚歌声；大王意气尽，贱妾何聊生”，史称《和垓下歌》，歌毕自刎而死。“霸王别姬”由此成为千古绝唱。刘邦礼葬了虞美人，后来，墓上长出了一种罕见的美艳花草，人们为了纪念虞姬，就把这种不知名的花草叫作“虞美人”。“虞美人”作为词牌，最初出现在唐朝，就是为歌颂虞姬的。南唐李煜《虞美人·春花秋月何时了》有名句：“问君能有几多愁？恰似一江春水向东流。”

〖宫调〗

1. 正格黄钟宫，俗称正宫。正宫惆怅雄壮。

2. 变格夹钟宫，俗称中吕宫。中吕宫高下闪赚。

3. 变格夹钟羽，俗称中吕调。中吕调昂扬酣畅。

4. 变格林钟羽，俗称高平调。高平调条拗滉漾。

此调适用之题材较广，有人生感慨、伤春怀旧、赠别、儿女之情等，但仍以抒情为主，以慷慨悲歌为基本特色。格调凄美激壮。

拙作宫调为正宫。

〖格律〗

1. 绕、照，淙、濛，渡、处，帆、岚：每一节换一韵，仄平仄平，共四韵。可以犯旁韵，不算犯韵。

2. 依旧、独唱：领格字。

3. 黛瓦、古巷、记共、垄笛（前置当年）、流水、一钩：虚词位。

8.【七绝】冬夜柳舞

寒流滚滚燕山啸，金柳迎风荡舞酣。
一扫浊尘天际阔，推霾掩雾下江南。

〖后记〗

为友人所摄《冬夜柳舞》题照。北方的冬天，一波又一波的雾霾，压抑着人们的呼吸。治霾基本靠风，所以每当大风起兮，北方友人就会欣喜不已，而居于上海的作者不免生悲——雾霾即将来袭，还须耐心等待。

9.【卜算子】梅园[①]误

昔日花魁[②]邀，末季[③]梅村劝。
长恨良言误拂意，错过春音唤。

不觉[④]暗香撩，可耐芳心怨？
泣雨冰魂今又会，楚楚央垂眷[⑤]。

〖注释〗

①梅园：无锡梅园。

②花魁、暗香、冰魂：都是梅花的别称。

③末季：花季之末。蜡梅花期比春梅早两个月，主人公去晚了，想看的蜡梅大多凋谢，园里开的是春梅。

④不觉：（多年以后）无意之间，不知不觉间。

⑤央垂眷：央求垂爱。

〖后记〗

梅花，凌霜傲雪，风骨高远。梅兰竹菊，寄托了文人的高洁志向，成为中国文化元素之一。中国历来有赏梅雅事，但是，随着气候变暖，地处江南，想要雪中赏梅，并非易事，更多的是在连月的阴风凄雨中赏梅。雪中梅和雨中梅，意境大不同，孤傲变为凄苦。友人雨中赏梅，不屈不挠，一见梅花而遂愿，表达了对梅花矢志不渝的热爱。浏览朋友圈有感而作。

〖卜算子〗

词牌名。相传唐代诗人骆宾王会占卜算卦，是神算子，后人借用其绰号作为词牌。宋代李之仪《卜算子·我住长江头》有名句："日日思君不见君，共饮长江水。"

〖宫调〗

1. 正格夷则羽，俗称仙吕调。仙吕调清新绵邈。词作题材有托物言志、别情等。格调流丽谐婉、缠绵掩抑。忧乐均宜。

2. 变格林钟羽，俗称高平调。高平调条拗滉漾。代表作有宋代严蕊的《卜算子·不是爱风尘》。格调流美含蓄、平和婉转。

3. 变格林钟商，俗称歇指调。歇指调急并虚歇。代表作有宋代辛弃疾的《卜算子·用庄语》。格调恣肆放达。

拙作属仙吕调。

〖格律〗

1. 劝、唤、怨、眷：四仄韵。

2. 两对句可择一对仗，或一宽对一工对。

3. 长恨、错过、泣雨、楚楚：虚词位。

很多年前曾经去过梅园，也是这个时间，也是细雨霏霏，售票窗口的阿姨好心劝说，说是现在不是赏梅的好时间，梅园以春梅为主，20元门票不值得……其实我就是想去赏赏腊梅，但不能拂了人家的一片善意，终究没去。今年去了，总算如愿了……

10.【相见欢】遥别故友之布隆迪

得三十年前同窗之音讯，未聚而行将启程，远行经年，奔战火频仍之非洲赴任，怆然而生悲，填词一阕遥寄之。

步溪[①]目乱浮萍[②]，是悲情，
但念重洋飞渡马刀横。

卅载散，来日见[③]，遽遐征[④]，
望断天涯归路梦驼铃。

〔注释〕

①步溪：沿着溪流散步。

②目乱浮萍：看到纷乱流散的浮萍。

③来日见：将要相见。

④遽（jù）遐征：（故友）突然远征去了。

〔相见欢〕

词牌名，别名《乌夜啼》，有别于正名《乌夜啼》。此调声韵极富变化，音节响亮，而又流畅优美，音乐性很强。其声律特征原本是用于慢吟轻诉的，表现愉悦就成婉约，而加入些悲情便就写成愁了，所以定格后的《相见欢》无一首写相见的欢愉。南唐李煜《相见欢·无言独上西楼》有名句：“剪不断，理还乱，是离愁。”

〖宫调〗

林钟宫，俗称南吕宫。南吕宫感叹伤悲。词作题材有感时伤世、闺情等。格调谐婉怨抑。

〖格律〗

1. 萍、情、横、征、铃：押平韵。
2. 散、见：押仄韵。
3. 卅载散，来日见：宜对仗。
4. 凡六、三断句，可以连为九字句，但须语义连贯，一气呵成。
5. 但念、望断：领格字。

11.【七绝】马剑华出山

马步绝尘军令迫，剑寒大漠逐狼烟。
华缨①铁骑征西将，捷克匈奴啸仰天。

〔注释〕

①缨：刀枪等装饰彩带。

〔后记〕

马同学受温哥华海运公司委派，回国处理多地海运公司事务，行程紧张，马不停蹄，可能无暇聚会。遥寄七绝一首，祝马到功成！

马同学在群里留言：

亲爱的同学们，大家好！我已经到上海，但这次行程很匆忙，明天早上就要去外地，礼拜六就要回加拿大，可能没有时间跟大家见面了，非常遗憾！等下次回来再约大家吧，也欢迎大家有机会去温哥华旅游！

12.【七律】柳公夜游徒伤悲

淼淼西湖天水浊，霏霏夜雨暗霾奔。
三潭隐月①溟蒙笼，曲院凋荷②败朽存。
柳浪寻莺③莺灭迹，断桥踏雪④雪无痕。
冷凝透履寒心彻，凄厉侵怀痛失魂。

〔注释〕

①②③④三潭印月、曲院风荷、柳浪闻莺、断桥残雪，分别是西湖十景之一。

〔后记〕

柳林独游西湖收获凄风苦雨一箩筐，是为记。

久闻西湖大名，友人初来杭州，天天加班到深夜，无暇以顾。最后一天晚上，窗外飘起雪花。在群里众人不断鼓励下，友人终于鼓起勇气，深夜独自踏足西湖，准备欣赏雪景，可是迎接他的是雨夹雪伴着凄厉的北风。第二天雨止，杭州气温出现断崖式暴跌近20度，达历史极值，积雪没足，西湖游客爆满，但友人已在返程的火车上。

〔格律〕

律诗首联对仗与否两可，颔联、颈联必须对仗，尾联一般不对仗。

游人如织的西湖此刻落寞凄凉，空中飘飞的雪花触地瞬间化作了雨滴。鞋底漏啊，跟大地一样湿漉漉，湿漉漉。还能遇到想象中的西湖雪景么？

13.【一斛珠】云梦[1]女

微浮笑靥[2]，
冬梅怒放伊凌雪[3]。
孤芳自爱跻高洁[4]，
慧眼由心，踏赏寒琼骨。

仙子伴花骄蕾屈[5]，
明眸望兔冰轮[6]没[7]。
寄情山水修身悦，
静女其思，蓄志甘泉冽。

（仿周邦彦入韵体）

〖注释〗

①云梦：古代湖北称云梦泽。

②靥（yè）：酒窝。

③伊凌雪：她（云梦女）踏雪赏花。

④孤芳自爱跻（jī）高洁：弘一法师作佛诗：“一花一叶，孤芳致洁。昏波不染，成就慧业。” 跻：跻身、上升。

⑤屈：低头，降服：屈服。

⑥兔、冰轮：月亮。

⑦没：隐没。

仙子伴花骄蕾屈，明眸望兔冰轮没：言其有闭月羞花之美。

〖后记〗

气候变暖，踏雪赏梅多不易，但梅风永在。

〖一斛珠〗

词牌名，意思就是一桶珠。斛（hú）：古代官制木质量器，形状像木桶。唐朝时，1斛＝1石（dàn）＝10斗＝120斤。一斛珠作为词牌，是南唐后主李煜首创，源于一段前朝宫中往事：唐玄宗李隆基命人密赐梅妃一斛珍珠，梅妃因玄宗爱上新宠杨贵妃而失落，不接受珍珠并作诗辞谢，有珍珠怎能抚慰寂寥之意，表达哀怨之情。李煜作《晚妆初过》，定词牌为《一斛珠》，极尽香艳，以调笑红唇。南唐李煜《一斛珠·晚妆初过》有名句："向人微露丁香颗，一曲清歌，暂引樱桃破。"

〖宫调〗

1. 正格夷则羽，俗称仙吕调。仙吕调清新绵邈。词作题材有男欢女爱、酬赠友人等。格调流丽谐婉、缠绵掩抑。忧乐均宜。

2. 变格夷则商，俗称林钟商。商调凄怆怨慕。词作题材有青楼女子不幸等。格调压抑凄凉、低回沉抑、情调幽咽。

3. 变格夹钟羽，俗称中吕调。中吕调昂扬酣畅。

拙作为仙吕调。

〔格律〕

1. 靥、雪、洁、骨、屈、没、悦、冽：押仄韵。

2. 仙子伴花骄蕾屈，明眸望兔冰轮没：对仗。

3. 踏赏、蓄志：虚词位。

4. 寒琼骨、甘泉冽：句读多见二一读，少见一二读，并且上下阕须一致。

14.【春联】和顺安康

康安顺和

金猴送吉吉盈府

瑞雪兆丰丰满仓

15.【天净沙】冬韵

日辉广宇闲宁，
月勾霄阁空灵。
照雪西厢寂影，
虬枝苍劲，
奈何虚度衰荣？

（别体，例曲：马致远《天净沙·秋思》）

〖天净沙〗

元曲曲牌名，又名《塞上秋》。元代马致远《天净沙·秋思》有名句："夕阳西下，断肠人在天涯。"

〖宫调〗

无射商，俗称越调，越调陶写冷笑。题材多咏景。格调缠绵沉重、沉痛悲壮。

〖格律〗

1. 元曲押韵平仄通押，不避重韵，一韵到底。

2. "日辉广宇闲宁，月勾霄阁空灵"：对仗。元曲对仗要求比较自由，平仄相对不严格，宽对的现象更普遍。

日辉广宇闲宁

月勾霄阁空灵

照雪西厢寂影

虬枝苍劲

16.【浪淘沙】追忆

潮起怎彷徨?
无际汪洋,
散珠失璧索空茫。
夕照旧滩烟草败,
黯对流光①。

凭眺莫临冈②,
涛卷风狂,
罗裙簌簌③晚秋凉。
休忆前尘东逝水,
不尽沧桑。

〖注释〗

①黯对流光：面对流转的光阴黯然神伤。

②凭眺莫临冈：不要登临山冈居高远望。

③簌簌（sù）：风吹裙裾的声音。

〖浪淘沙〗

词牌名，调名取自唐代刘禹锡诗：“九曲黄河万里沙，浪淘风簸自天涯。”此调有小令和长调两类，小令称为《浪淘沙令》，长调称为《浪淘沙慢》。词调音韵响亮，和谐流美，并有回环之艺术效果，适于抒情。南唐李煜《浪淘沙·帘外雨潺潺》有名句：“独自莫凭栏，无限江山，别时容易见时难。”

〖宫调〗

正格为无射商，俗称越调，越调陶写冷笑。词作题材有述怀、送别、感旧、离情等。格调缠绵沉重、沉痛悲壮。忧乐均宜，多作激越凄壮之音。

〖格律〗

1. 徨、洋、茫、光、冈、狂、凉、桑：押平韵。

2. 怎、失璧、夕照、黯对、莫、簌簌、休忆、不尽：虚词位。

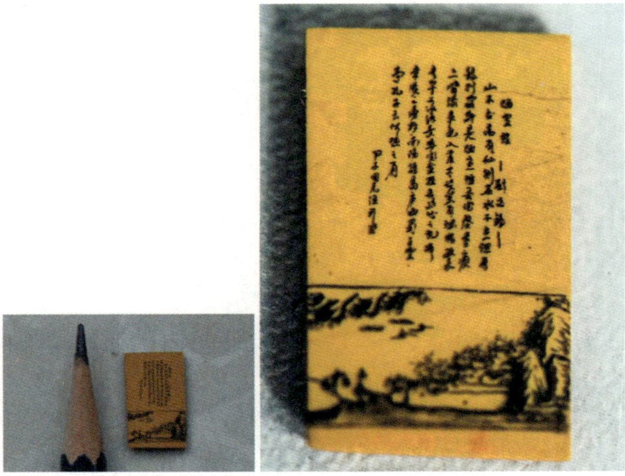

散珠失璧索空茫

凭眺莫临冈

17.【踏莎[1]行】洋山感思

气朗天高，云舒穹碧，
海涯阔荡洪波激。
古礁但等揽斜阳，
流金淌彩长滩熠。

草木悲秋，人生过隙[2]，
潮追潮赶忙奔迫[3]。
浮沉起落转头空，
轮回兴替无终日。

〔注释〕

①莎（suō）：莎草，根可入药，叫“香附子”。

②人生过隙：人生如白驹过隙，白马跃过地上缝隙一瞬间，比喻人生短暂。

③忙奔迫：忙于奔走交迫。

〔踏莎行〕

词牌名，为北宋宰相寇准首制。曲水流觞，兴起于魏晋，经唐宋不衰。文人士大夫在清明节祭祀结束后，聚在一起，绕水畔而坐，将盛有美酒的酒器放在水面随水漂流，漂到谁面前停下，那人便将酒饮干，并即兴赋诗。寇准在一次曲水流觞的雅聚时作词一首，同时也创作了音乐曲调，命名为《踏莎行》。词牌名取自唐代陈羽《过栎阳山溪》中的“踏莎行草过春溪”诗句。莎草，是一种常见的野草，踏草是唐宋时期广为流行的活动，又叫踏青，北方一般在清明时节前后进行。所以，《踏莎行》调名本意即咏民间盛行的春天踏青活动。宋代秦观《踏莎行·郴州旅舍》有名句：“雾失楼台，月迷津渡，桃源望断无寻处。”

〖宫调〗

夹钟宫，俗称中吕宫。中吕宫高下闪赚。词作题材有感恩、写景、抒情、旅情、愁别等。格调婉转优雅、缠绵悱恻。

〖格律〗

1. 碧、激、熠、隙、迫、日：六仄韵。

2. 两个四字句工对，两个七字句宽对。

3. 阔荡、但等、淌彩、潮赶、起落、兴替：虚词位。

海涯阔荡洪波激

古礁但等揽斜阳

流金淌彩长滩熠

浮沉起落转头空

18.【蝶恋花】清明寄思——悼卜式原君

四载寒窗清苦日，
相伴金兰①，谈笑盈朝夕。
闻略②大鹏张巨翼，
故人别后功名赫。

凶耗乍传惊霹雳，
孰料英年，未竟宏图毕。
长恨此生天地隔，
音容只向团河③觅。

〔注释〕

①金兰：金兰之交。

②闻略：略闻。

③团河：大学所在地。

〔后记〕

惊闻大学同室好友去世，如五雷轰顶。同学是北京人，非常幽默，和他在一起，天天欢笑，四年相处，结下深厚友谊。同学毕业后失去联系，听说他考上研究生，后来工作繁忙，业务庞大，在中美间频繁往来，突发心脏病，英年早逝。由于毕业后未再谋面，也没有他的照片留存，所以只能回忆他在团河校园比较模糊的音容笑貌，长叹一年而填词祭奠。

〖蝶恋花〗

词牌名。名称来源于唐教坊曲《鹊踏枝》，南唐李煜《蝶恋花·遥夜亭皋闲信步》是第一首易《鹊踏枝》为《蝶恋花》的词作。宋代苏轼《蝶恋花·春景》有名句："枝上柳绵吹又少，天涯何处无芳草！"

〖宫调〗

1. 正格夷则商，俗称林钟商。商调凄怆怨慕。词作题材有伤春、怀人、闺情、悼亡等。格调压抑凄凉、低回沉抑、情调幽咽。

2. 变格夹钟商，俗称双调。双调健捷激袅。

3. 变格仲吕商，俗称小石调。小石调旖旎妩媚。

拙作属林钟商。

〖格律〗

1. 日、夕、翼、赫、雳、毕、隔、觅：押仄韵。

2. 闻略大鹏张巨翼，故人别后功名赫：如果按照能对尽对原则，此对句应对仗。但是查考历代词作 211 首，仅一首对仗，故拙作不作对仗处理。

3. 四载、相伴、谈笑、闻略、别后、凶耗（后置乍传）、孰料、未竟、长恨、只向：虚词位。

19.【雪花飞】长白凌绝顶

晴霁①云开万里，长空碧洗流丹②。
霄岭琼枝皎洁，霞蔚辽原。

瑶水钟③英慧，雄峰竞奋先④。
巍耸冰肌玉骨，踏雪凌寒。

〖注释〗

①晴霁（jì）：雨雪停止，天气放晴。

②流丹：流动着红色。形容红霞跃动。

③钟：钟萃，汇聚。钟灵毓秀。

④奋先：奋勇争先者。

〖雪花飞〗

词牌名。只有宋代黄庭坚《雪花飞·携手青云路稳》一首存世。

〖宫调〗

大吕角，俗称高角。高角舒畅悠扬。题材为人生得意。格调轻扬。

〖格律〗

1. 丹、原、先、寒：四平韵。

2. 瑶水钟英慧，雄峰竞奋先：可对仗。

3. 晴霁、碧洗、皎洁、瑶水、玉骨（前置巍耸）：虚词位。

晴霁云开万里

长空碧洗流丹

霄岭琼枝皎洁

霞蔚辽原

20.【祭文】祭卜式原君文

维甲午岁末惊闻窗友罹患凶疾溘逝，饮悲一载而著文，哀曰：

卜式原，吾挚友也，一别三十年，音容两渺茫。

吾友式原君，京城人氏也，博闻强识，聪颖过人，于太学攻俄语。当其时也，同室者六，京沪各半，余幸而同为其室友也。

京城三友，惯持北地豪爽之风，不拘小节，一令四载相安无有龃龉；更具京人妙趣秉性，言笑诙谐，直教斗室欢愉不竭连天。每周末，三友探家而返，其背负行囊即遭掳掠，沪人大快朵颐其所携之炸酱、咸菜，其状堪比嗷嗷待哺之雏鸟。尽食不义也，沪人浅尝辄止，相谢不忘相留，以资鼓励，得细水长流也。

自古北人食面南人啖饭，然则荒年歉收，北国米俏，南人争而趋之，太学是以米票、面票而限之。南人之于面食难以下咽，频出面票，央北人置换米票。吾室三友，有求必应，非恶米食，悲悯其怀也。南人亦以紧俏之全国粮票宽兑北人之北京粮票。每归假，则裹挟囊负沪上广为青睐之名品而北上，兔糖、麦精、乳粉、765 革履[①]……以回报一二，吾室其乐融融也。

次年冬假，余不堪舟车劳顿而未返沪，羁留燕京，借以体验北人春节年俗。式原盛邀吾到访其居所，乃挺拔之高楼也，窗明几净。慈母嘘寒问暖，手烹炸酱面。余首尝经典佳肴，自是难忘，其后历次返京，心念魂牵，遍尝京城，终不复得慈母其味之正也，每抱憾而归。余尽览式原收藏之邮集四册，畅谈至夜，与式原抵足而眠，翌日意尽而别。

越四年，菊吐芳华，秋水涟涟。餐毕归室途中，式原欣然出荷包，示吾以佳人玉照，曰：“美耶？”余曰：“美也哉！”式原曰：“吾女友也，北二外求学，名方洁，其悦耳乎？”余曰：“殊动听耳！”式原陶陶然，喜形浮漾脸颊焉，奔突而去。

四载光阴悠悠，曲终人散，六君子学成而返，各奔前程。依稀得讯，式原领硕士衔，大鹏展翅，遨游美利坚，搏浪商海，其余不详也。

去岁春寒料峭，什长[2]薛蔚数度致电，力邀吾登录微信并赴京聚会，余无暇以顾，不从之。什长祭出悲情牌，言卜式原辞世，是故珍惜当世，见一面少一面云云。忽如五雷轰顶，余呆若木鸡，似乎电光霹雳，肝胆俱裂。叹人之无常，嗟时乖运蹇，惜英年早逝，悲命比纸薄，憾梁木摧折，怅玉碎星沉。长太息以掩涕兮，哀才俊之凋落。

往事历历，斯人已去。团河[3]一别，竟成永诀。关山迢迢，沧海漫漫。迎风袅袅，笼烟枭枭。纸灰飞扬，落木萧萧。我心戚戚，四顾彷徨。雪霁雨止，杨柳依依[4]。灞桥[5]犹在，不见来归。荒冢寻古，乾坤茫茫。呜呼哀哉，伏惟尚飨！

〔注释〕

①765革履：当时上海生产的一款皮鞋，因其价廉物美，7.65元，深受全国人民喜爱，俗称765皮鞋。

②什长：班长。

③团河：大学所在地。

④杨柳依依：先秦《诗经·小雅·采薇》："昔我往矣，杨柳依依；今我来思，雨雪霏霏。"柳丝摇曳，喻招手挽留，杨柳常寄情为离愁别绪。

⑤灞桥：位于西安城东，两岸栽柳万株。唐时文人十里相送，长亭更短亭，在此分手，并折柳相赠，因"柳"和"留"谐音，表达依依不舍之情，有"年年柳丝不堪折"之伤感。历史上称此桥为"销魂桥""情尽桥""断肠桥"，流传着"年年柳色，灞陵伤别"等千古绝句，寄托了生离死别之意。"灞桥风雪"为关中八景之一。

〔后记〕

之前写了《蝶恋花·清明寄思——悼卜式原君》，意犹未尽，往事历历浮现，乃奋笔疾书，四日而就。

21.【如梦令】霞飞小月河

封玉冰河闲定，
飘翼白云驰竞。
斜日射金芒，
辉耀九霞交映。
天幸①，天幸，
岂再雾霾作横②！

〖注释〗

①天幸：天赐之好运。

②作横（hèng）：作恶，横行不法。

〖后记〗

拙作描写的是北京海淀区的小月河。寸土寸金的都市中还有一条小河在静静地流淌，这诗情画意惹得友人每天出门和回家都要拍几张照，在朋友圈发了一个月，记录了从碧波荡漾到冰冻封河的全过程，以及每天令人心醉的霞光。这样奢侈的享受真该庆幸，无奈好天气行将结束，冬天的雾霾即将来袭。

〖如梦令〗

词牌名。短的词调称令、小令。唐代李存勖《如梦令·曾宴桃源深洞》中有“如梦，如梦，残月落花烟重”句，因而传世。宋代作者甚众，一般用以抒情，自苏轼用以游戏和表达旷达之情后，亦有用以言志与写景者。宋代李清照《如梦令·昨夜雨疏风骤》有名句：“知否，知否？应是绿肥红瘦。”

〖宫调〗

夹钟羽，俗称中吕调。中吕调昂扬酣畅。词作题材有离情、写景、言志等。格调雄壮壮美。

〖格律〗

1. 定、竞、映、幸、横：押仄韵。

2. 封玉冰河闲定，飘翼白云驰竞：可对仗。

3. 天幸，天幸：叠句并叠韵。

4. 封玉（后置闲定）、飘翼（后置驰竞）、斜日、辉耀、天幸、岂再：虚词位。

小月河

封玉冰河闲定

飘翼白云驰竞

斜日射金芒

22.【恋情深】新生代

楚楚纤腰灵动柳，映娇娃秀。
檀郎①雅望②馥兰薰③，茁④清新。

两诚相悦挚般般，且共岁华珍。
蓓绽蕊、蜂求蜜，酿甜醇。

（别体，例词：毛文锡《恋情深·玉殿春浓花烂漫）

〔注释〕

①檀郎：美男子。

②雅望：仪表美好。

③馥兰薰：散发着兰草的香气，比喻人的品德芳洁。

④茁：萌发。

〔恋情深〕

词牌名。

〔宫调〕

现仅存毛文锡两首，写男女欢会，别无记载。

〖格律〗

1. 柳、秀：押仄韵；薰、新、殷、珍、醇：押平韵。

2. 映：领格字。

3. 茁清新：一二读。

4. 楚楚、雅望、殷殷、且共：虚词位。

23.【一剪梅】羁旅

又见流云泻瀑①丝，
蛾翠凝黛，腴雪凝脂。
秋瞳剪水荡清波，
湛透蓝晶，澈透明溪。

卅载芳尘遐域羁，
旧交重逢，旧绪盘回。
抚羞巧笑润腮红，
难隐乡愁，难话东归。

〔注释〕

①流云泻瀑：女子长发盘起谓流云，散开谓泻瀑。

〔后记〕

这是最后找到的一位失联的同学。巴黎小聚，传来照片，故人无恙，而有牵绊，难言归期。

〔一剪梅〕

词牌名。名称来源于先秦《诗经・周南・摽有梅》。宋代时候，人们称一枝为一剪。一剪梅，就是一枝梅花。古代时候，相隔两地的人往往通过赠送对方一枝梅花来表达相思。如《荆州记》记载陆凯和范晔的故事："陆凯自江南，以梅花一枝寄长安与范晔，赠以诗曰：'折梅逢驿使，寄与陇头人。江南无所有，聊赠一枝春。'"词牌"一剪梅"，即是取此意。本词调音节明快响亮，音韵谐美，情调细腻轻畅。宋代李清照《一剪梅・红藕香残玉簟秋》有名句："云中谁寄锦书来？雁字回时，月满西楼。"

〔宫调〕

林钟宫，俗称南吕宫。南吕宫感叹伤悲。词作题材有思念、送别等。格调谐婉怨抑。

〔格律〕

1. 丝、脂、溪、羁、回、归：押平韵。

2. 四个对句的对仗，经考证典范词作，有独对，有两对，有三对，有全对。

3. 又见、蛾翠、腴雪、剪水、湛透、澈透、卅载、旧交、旧绪、巧笑、难隐、难话：虚词位。

24.【南歌子】开茶节

晓雾悬重岭，晨霜结白纱。
飘来仙袂落琼花，
又是春回歌舞向新芽。

英气凝眉宇，高风莅大家①。
洪钟豪放道开茶②，
喜看年成一品醉苍霞。

（别体，例词：毛熙震《南歌子·惹恨还添恨》

〔注释〕

①高风莅大家：莅临茶园的博学者风操高洁。

②道开茶：宣布开茶。

〔后记〕

记湖北五峰山土家族自治县万亩茶园开茶节。

〔南歌子〕

词牌名。“子”有小的含义，属于小曲。苏轼用此调作词十七首，题材涉及极广。宋代秦观《南歌子·香墨弯弯画》有名句："又是一钩新月照黄昏。"

〖宫调〗

夷则宫，俗称仙吕宫。仙吕宫清新绵邈。词作题材有叙事、游赏、寓意、谐谑、赠酬、节令、感旧、抒情、闺怨、悼亡等。格调谐婉。

〖格律〗

1. 纱、花、芽、家、茶、霞：押平韵。

2. 两对句对仗。

3. 又是、喜看：领格字。

4. 向、醉：宜用去声。

5. 飘来、洪钟（后置豪放）：虚词位。

晓雾悬重岭

晨霜结白纱

飘来仙袂落琼花

又是春回歌舞向新芽

25.【排律】武汉行

英豪逐浪江城聚，黄鹤腾云故众随。
楚望台前瞻义烈，督军府①内解悬疑。
杜鹃流彩芳坡茂②，曲巷烹鲜户部熙③。
旧领馆间寻别韵，晴川阁上揽雄奇。
泛舟渔唱东湖泊，展翅双翩雪鹭追。
蛇酒沉沉衷④切切，拉菲仆仆⑤眷迟迟⑥。
主人尽美殷勤款，宾客逍遥愧赧⑦滋⑧。
半辈飘零常系念，金波玉液且开眉。

〔注释〕

①督军府：都督府。

②杜鹃流彩芳坡茂：东湖的一处山坡，开满了杜鹃花，名为杜鹃坡。

③曲巷烹鲜户部熙：武汉的小吃街，名为户部巷。熙：熙熙攘攘。

④衷：内心。

⑤仆仆：风尘仆仆。

⑥迟迟：眷念貌；依恋貌。“无语意迟迟”。

⑦愧赧（nǎn）：羞愧脸红。

⑧滋：滋生。

〔格律〕

1. 律诗的首联对仗与否两便。

2. 排律，或称长律，由四联八句的律诗扩展而来，严格来说，除首联和尾联外，中间各联均需对仗。

3. 律诗扩展，也须符合粘对规则，具体来说，就是中间两联（颔联和颈联）的平仄格式整体复制，由两联变成四联，以此类推。

4. 因为难度太高，也太呆板，所以严守格律的排律不多，鲜见精品，不如写古风。

英豪逐浪江城聚。2016年春，来自北京、上海、长沙以及法国的同学们会聚江城武汉。武汉三镇历史沉淀深厚，旅游景点丰富。

黄鹤腾云故众随。武汉黄鹤楼与湖南岳阳楼、南昌滕王阁并称江南三大名楼。唐代崔颢《黄鹤楼》有名句:“昔人已乘黄鹤去,此地空余黄鹤楼。”

楚望台前瞻义烈。清末湖北新军在此设军械库,当时存有日、德、汉阳造124门大炮、5.9万支步枪,是全国乃至远东最大的军械库。1911年10月10日晚,武昌起义军工程营革命党人在驻地打响第一枪后,迅速占领此处,后各路起义军集结于此,楚望台一时成了起义军的大本营。义士们夺取武器弹药,在附近的起义门上向湖广总督府开炮,随后向总督府发动进攻。

督军府内解悬疑。武昌起义后，革命党人在此设立中华民国军政府鄂军都督府，成为反清司令部，宋教仁在此主持起草了《鄂州约法》。作者在一幅民国元老合影前为同学们讲解元老生平事迹，解惑答疑，引起游客围观并提问。

杜鹃流彩芳坡茂。东湖的杜鹃坡，山上开满了鲜艳的杜鹃花，是全国最大的杜鹃园。

曲巷烹鲜户部熙。户部巷，是明朝主管钱粮户籍的地方官衙，现为驰名的过早摊点曲巷。

旧领馆间寻别韵。1861年汉口正式开埠，设立了英、德、俄、法、日等国租界。这些异国风情的领事馆建筑别具一格，现在是武汉市文物保护单位。

晴川阁上揽雄奇。晴川阁，位于汉阳的长江西岸龟山上。“龟蛇锁大江”，两山夹峙，一桥飞架。登上晴川阁，一览大江东去的壮阔气象。唐代崔颢《黄鹤楼》有名句：“晴川历历汉阳树，芳草萋萋鹦鹉洲。”

泛舟渔唱东湖泊。泛舟东湖，感受东湖浩荡、山水相映、烟雨茫茫，不禁放声高歌。

蛇酒沉沉衷切切。为治疗两个同学的关节炎，长沙同学提了两大瓶湖南永州蛇酒来赴会。

拉菲仆仆眷迟迟。法国同学不远万里带来葡萄酒，为同学们开品酒会。

主人尽美殷勤款（武汉新天地美食园）

宾客逍遥愧赧滋

半辈飘零常系念，金波玉液且开眉。送别晚宴，茅台杯酒释愁情。

26.【七绝】任飘摇

长江口外容[1]迁客[2]，浊酒盈壶弄叶舟[3]。
踏浪冲波徐放线[4]，吟风赋月览翔鸥。

〖注释〗

①容：容留。

②迁客：迁客骚人，归隐江湖。

③浊酒盈壶弄叶舟：带了满壶的劣酒去摆弄一叶扁舟。

④放线：布放鱼线（排钩）。

〖后记〗

诗以明志。作者生活于长江口，惯看渔人翔鸥，向往着恬淡的生活，远离尘嚣，忘情于江湖。

27.【摊破浣溪沙】展拓多伦多

一望冰清皓殿辉，
独当[①]寒冽翠兰萋。
更有娇芳并蒂结，赛琼芝。

诧[②]是霜颜功力尽，
卓艰万苦道与谁？
拼把铲车开雪路，破晨曦。

〔注释〕

①当（dāng）：抵挡。

②诧：惊诧。

〔后记〕

为同学生日填词。同学早年去了加拿大，经过努力拼搏，现在事业有成，家庭美满。他发来图片，他的别墅被大雪覆盖，冰清玉洁，熠熠生辉。他在别墅周围种了许多兰花，兰花生根发芽，破雪而出，象征了他的不屈人生。他每天清晨要扫雪出车，年轻时自己扫，后来大女儿帮着扫，现在大女儿上大学住校了，小女儿还小，自己扫不动了，就买了一台铲雪车，冒着凛冽的严寒铲雪，为家人开路。

他把姐妹俩抚养长大，像并蒂花一样烂漫绽放，多少辛劳与谁说？看看发染秋霜，就知道功力耗尽了。

〖摊破浣溪沙〗

词牌名。又名《山花子》，实为《浣溪沙》之别体。摊：摊薄，一句摊成两句。破：破裂，一句破成两句。本词牌上下阕末句七字摊破成两句十字。宋代李清照《摊破浣溪沙·病起萧萧两鬓华》有名句："枕上诗书闲处好，门前风景雨来佳。"

〖宫调〗

1. 正格无射宫，俗称黄钟宫。宫调曲雅沉重。词作题材有怀人、感时伤世等。格调缠绵沉郁。

2. 变格夹钟宫，俗称中吕宫。中吕宫高下闪赚。格调婉转优雅、缠绵悱恻。

拙作属黄钟宫。

〖格律〗

1. 辉、萋、芝、谁、曦：押平韵。

2. 两对句可择一对仗，词作多为下阕对仗。

3. 一望、独当、更有、赛、诧是、卓艰（后置万苦）、拼把、破：虚词位。

一望冰清皓殿辉

独当寒冽翠兰萋

更有娇芳并蒂结，赛琼芝

诧是霜颜功力尽，卓艰万苦道与谁

拼把铲车开雪路，破晨曦

28.【破阵子】旧雨会

长记京西晤首，珍存影像凋颜。
回念岁华飘散雨[①]，空憾江湖沉坠渊，
别来卅二年。

百度名流高地，故人功业中天。
莫道电闻[②]同喜极，唯去风驰相聚欢，
倾樽[③]吐畅宽。

〔注释〕

①雨：朋友。

②电闻：电话听到声音。

③倾樽（zūn）：干杯。

〔后记〕

高考时，上海的学生大多不愿填报外地院校，怕回不了上海，事实上后来确有一些同学永远客居他乡了。作者和为数不多的几个同学，志在四方，被外地院校录取。同为天涯沦落人，同命相怜而成好友，经常鱼鸿托书。

1984 年 10 月 1 日，作者和武汉地质学院的好友在其北京京西煤矿的实习地聚会，留下了两张照片，从此一别三十二年，两人天各一方，音信杳无。

随着岁月的流逝，生命中一些久经沉淀的感情会越来越浓。有一天翻看影集，发现京西煤矿的合影，照片已经泛黄。想到我的同学如坠烟海，也像照片一样地老去，心有不甘。突发奇想，百度一下，同学的大名跃然而出，同学已经成名成家！立即联系，次日坐高铁飞驰武汉，同学打开一瓶好酒，两人一醉方休，尽兴而散。

〖破阵子〗

词牌名。原为唐太宗李世民制曲，为军乐，是唐开国时之大型武舞曲，震惊一时。舞用两千人，皆画衣甲，执旗旆，兼引马军入场，尤壮观也。玄奘往印度取经时，西域一国王曾询及之，见所著《大唐西域记》。宋人《破阵子》只截取了其中一段，犹可想见整曲的激壮声容。宋代辛弃疾《破阵子·为陈同甫赋壮词以寄之》有名句："了却君王天下事，赢得生前身后名。可怜白发生！"

〖宫调〗

黄钟宫，俗称正宫。正宫惆怅雄壮。词作题材有讨伐平叛、颂扬武功、感旧、感悟、写景、送别、悼亡等。格调凄壮激昂。

〖格律〗

1. 颜、渊、年、天、欢、宽：押平韵。

2. 四个对句对仗。

3. 每句的头两字是虚词位。

长记京西晤首

珍存影像凋颜

唯去风驰相聚欢

29.【七绝】轻纱水滑图

江南薄雾宛轻纱，春水氤氲笼四遐。
飘渐[1]渔歌蓑笠隐，仙舟一叶出云涯。

〖注释〗

①飘渐：渐飘渐近。

〖后记〗

各地的同学在群里晒雾照，有浓雾、轻雾、山雾、水雾、峡雾、海雾……美不胜收。作者晒了江南薄雾，获得人气点赞，当即赋诗一首。

30.【虞美人】悯红

烟波浩荡箫吹柳，白鹭惊回首。
东湖鳞烂①翠环周②，晓日红云舒羽伴帆游。

琼台③四季芳菲绕，玉女凭栏皎。
惜花怜草一心倾，最是柔肠百结看凋零。

〖注释〗

①鳞烂：波光粼粼，色彩绚烂。汉代司马相如《子虚赋》：“众色炫耀，照烂龙鳞。”

②翠环周：翠绿色的植物环绕东湖周边。

③琼台：这里指阳台。

〖后记〗

东湖边上有人家。

〖宫调〗

1. 正格黄钟宫，俗称正宫。正宫惆怅雄壮。

2. 变格夹钟宫，俗称中吕宫。中吕宫高下闪赚。

3. 变格夹钟羽，俗称中吕调。中吕调昂扬酣畅。

4. 变格林钟羽，俗称高平调。高平调条拗滉漾。

此调适用之题材较广，有人生感慨、伤春怀旧、赠别、儿女之情等，但仍以抒情为主，以慷慨悲歌为基本特色，格调凄美激壮。

拙作宫调为中吕宫。

〖格律〗

1. 柳、首，周、游，绕、皎，倾、零：每两句换一韵，仄平仄平，共四韵。可以犯旁韵，不算犯韵。

2. 晓日、最是：领格字。

3. 浩荡、（白鹭）、鳞烂、四季、玉女（后置凭栏）、惜花（后置一心）：虚词位。

琼台

四季芳菲绕

玉女凭栏皎

惜花怜草一心倾

31.【浣溪沙】踏芳

别有石桥窥洞天，
绿波逗引晃重轩。
水乡一往①度清闲。

又是煦风摇柳季，
怎禁姝子②荡心涟？
踏芳③只去萃娇妍。

〖注释〗

①一往：一向，一如既往。

②姝（shū）子：美女。

③踏芳：踏青。

〖浣溪沙〗

词牌名。沙，古通纱。据南朝宋孔灵符《会稽记》载，“勾践索美女以献吴王，得诸暨罗山卖薪女西施、郑旦，先教习于土城山。山边有石，云是西施浣纱石”。今浙江诸暨市南近郊的苎萝山下浣纱溪畔有浣纱石，上有传为东晋王羲之所书“浣纱”二字，相传这里是春秋时越国美女西施浣纱处。一说浣纱溪即浙江绍兴南二十里的若耶溪。此调音节明快流丽，为婉约、豪放两派词人所常用，其用语绮艳，风格缠绵，婉转含蓄。宋代晏殊《浣溪沙·一曲新词酒一杯》有名句：“无可奈何花落去，似曾相识燕归来。”

〖宫调〗

1. 正格夹钟宫，俗称中吕宫。中吕宫高下闪赚。词作题材有女性、闺情、伤春惜时、怀人等非常广泛。格调婉转优雅、缠绵悱恻。

2. 变格无射宫，俗称黄钟宫。宫调曲雅沉重。

拙作属中吕宫。

〖格律〗

1. 天、轩、闲、涟、妍：押平韵。

2. 上下阕三个七字句，按现代汉语断句，可分为，。。（前两句对仗），或，，。（前两句对仗），或。，。（后两句对仗）句式，可安排一两个对仗。

3. 别有、逗引、一往、又是、怎禁、只去：虚词位。

4. 每句的后三字句读多为一二读。

别有石桥窥洞天

绿波逗引晃重轩

水乡一往度清闲

又是煦风摇柳季

怎禁姝子荡心涟

踏芳只去萃娇妍

32.【清平乐】若丁山

岚雾漫漫，
喷薄冲霄汉。
四眺雪峰无际远，
竟夜星河①璀璨。

沁腑莫若冰泉，
吐芳当在崖巅。
跃起忘情烈女，
云中羽化飞仙。

〔注释〕

①星河：银河。

〔后记〕

为友人旅照填词。友人去川西若丁山旅游，往群里发了好些美图。作者惊叹于山雾像井喷一样浓烈，诗兴大发。作者生活在平原地区，看惯了平流雾，均匀地生成，均匀地散开，来无踪，去无影，是没有明确边界的、大面积的雾，温柔地氤氲弥漫于每个角落。若丁山的雾像团雾，比团雾更浓，充满了高山刚烈气质，有如爆炸后的热浪翻滚升腾，直冲云霄，蔚为壮观。若丁山纯净、清新、空明、通透，周围雪峰皑皑，连绵不断，与天齐高。到了夜晚，四周一片漆黑，星空就在头顶。在山顶搭起帐篷，看群星闪耀，望银河璀璨，思考一下宇宙，求索一下人生，那是怎样一种美妙的体验！山上有白雪融化的清澈泉水，跌宕奔流，滋润着各种野花，开满山巅。有一种高山杜鹃，在海拔 3000 米以上才有，非常艳丽。友人是性情中人，面对如此大美山川，怎能抑制内心冲动？她高高跃向云天，羽化飞仙。

〖清平乐〗

词牌名。盖古乐取声律高下合为三，曰清调、平调、侧调，此之谓三调。《清平乐》词创作伊始，内容多伤春惜别、男女恋情，感情比较低沉，词风婉约。到了宋代，在晏几道、李清照等婉约派词人的笔下，沿袭了它的原有面貌。而随着苏轼、辛弃疾等豪放派词人的出现，受其词风影响，使用范围也不断发生变化，不仅书写内容有所扩大，感情基调也由低沉逐渐转向高亢。后历经金、元、明、清各代的发展，其描写内容与声情更加丰富，声情特点已与创调伊始的面貌迥然不同。由此可见，《清平乐》这一词调并不像《水调歌头》《兰陵王》等词调那样具有鲜明、固定的声情特点，而是处于动态的发展演变中。元代元好问《清平乐·太山上作》有名句：“涧壑风来号万窍，尽入长松悲啸。”

〖宫调〗

1. 正格黄钟商，俗称大石调。大石风流蕴藉。词作题材有怀古、怀人、赠别、言志等。格调豪放激壮。

2. 变格无射商，俗称越调。越调陶写冷笑。词作题材有男女恋情等。格调缠绵沉重、沉痛悲壮。

3. 变格黄钟宫，俗称正宫。正宫惆怅雄壮。词作题材有伤春惜别等。格调凄壮激昂。

拙作为大石调。

〔格律〕

1. 漫、汉、远、璨：押仄韵。泉、巅、仙：叶平韵，也可以押平韵。

2. 沁腑莫若冰泉，吐芳当在崖巅：对仗。

3. 漫漫、喷薄、四眺、竟夜、莫若、当在、跃起、云中：虚词位。

岚雾漫漫

喷薄冲霄汉

四眺雪峰无际远

竟夜星河璀璨

沁腑莫若冰泉

吐芳当在崖巅

跃起忘情烈女

云中羽化飞仙

33.【七绝】逍遥山翁

把酒付忧奔水去，逍遥何顾世汪洋。
任凭浊浪翻江海，云雾山巅独觅凉。

〖后记〗

2016年夏武汉发大水，而武汉友人正在野外进行科学考察。作者心生感想，每个人专注于干好自己分内的工作，各司其职，不受外界世事纷扰，是一种超脱、一种境界。当即赋诗一首。

34.【生查子】禅语花

一花一世界，芳草存高梵①。
一树一菩提，灵性开慈念②。

佛国③有琼葩，蕙质④无瑕玷。
哀我障心尘，青丝几当斩⑤？

〔注释〕

①芳草存高梵：芳草存有佛界的高净境界。

②灵性开慈念：万物有灵而开慈悲之念。

③佛国：这里指泰国。

④蕙质：蕙质兰心，心地纯洁。

⑤青丝几当斩：青丝：发丝、情丝、烦恼丝。佛教语：斩断三千烦恼丝。应当统统斩断，而该女子纠结于斩断哪几根，所以哀叹被凡尘所障。

〔后记〕

友人去泰国旅游，拍了很多禅寺，请作者题诗。作者独看中一朵禅寺中静静开放的鲜花，她精巧灵动，蕴藏慧心，于是以禅花为题填词一阕。

〔生查子〕

词牌名。原唐教坊曲，后用为词调。宋代欧阳修《生查子·去年元夜时》有名句：“月上柳梢头，人约黄昏后。”

〔宫调〕

1. 正格林钟宫，俗称南吕宫。南吕宫感叹伤悲。词作题材有恋情等。格调谐婉怨抑。

2. 变格夹钟商，俗称双调。双调健捷激枭。词作题材有抒怀等。格调劲健。

本词牌最初属南吕宫，格调谐婉，抒发怨抑之情，从唐五代到北宋此调多写恋情，又以怨叹感伤居多。但在后来变为双调，南宋后用此调抒怀则尤显劲健。

拙作为南吕宫。

〔格律〕

1. 梵、念、玷、斩：押仄韵。

2. 四个对句，可择一二对仗。

3. 本词牌的虚词位多在每句的前两字及第三字。

佛国有琼葩

丙申年季夏作于太湖中犊山

35.【水调歌头】四国遍路[1]

发愿今遍路，四国问禅行。
步贤追远，念[2]有艰旅照慈灯。
遥向山门[3]仰止，顿忽洪钟[4]警也，
迷海速皈明。
千里走修学，品性得开升。

参仪法，习打坐，缮[5]妙经。
佛光煦众，漫渐[6]宝殿逸兰馨。
方且珠玑启塞，更就箴言引度，
蒙昧化神清。
觉悟菩提界，超脱涅槃成。

〖注释〗

①四国遍路：日本四国岛的佛教朝圣之旅。

②念：坚信。

③山门：知恩院的山门，为日本最大的门。

④洪钟：知恩院的大钟，为日本最大的钟。钟在寺院是一种法器，用于祈祷、感化、超度众生。“闻钟声，烦恼轻，智能长，菩提生。”“晓击则破长夜警睡眠，暮击则觉昏衢疏冥昧。”“洪钟长声觉群生，声遍十方无量土。”

⑤缮：抄写。

⑥漫渐：逐渐遍布。

〔水调歌头〕

词牌名。名称来源于隋炀帝开凿汴河时自制《水调歌》曲，是大曲，声韵悲切。到了唐代，《水调歌》成为传唱不衰的名曲。安史之乱，唐玄宗逃奔蜀中之前，登楼置酒，令善唱《水调歌》者登楼而歌，“闻之，潸然出涕”（李德裕《次柳氏旧闻》）。词牌《水调歌头》则是截取大曲《水调歌》的首章另倚新声而成。宋代苏轼《水调歌头·明月几时有》有名句：“但愿人长久，千里共婵娟。”

〔宫调〕

夹钟羽，俗称中吕调。中吕调昂扬酣畅。词作题材有吊古、登览、赠别、庆贺、感时伤世等。格调雄壮壮美。

中吕调调子较高，感情激烈，声情俱壮，适宜于表达慷慨激壮、豪放雄浑的感情，一般不宜写委婉柔情。

〔格律〕

1. 行、灯、明、升、经、馨、清、成：押平韵。

2. 念有、漫渐：领格字。此两句是四七断句，须安排四字句或七字句的句首两字为领格字。也可六五断句，领格字位置相同。

3. 两个六字对句以及两个五字对句可对仗。本词牌字数较多，对句也多，可适当增加对仗句，但也不可全部对仗，给人以律诗中规中矩、四平八稳的沉闷感觉。宋词节奏明快奔放跳跃。

4. 今、问、遥向、顿忽、速、走、得、方且、更就、化、觉悟、超脱：虚词位。

发愿今遍路：友人日语专业出身，经营成都一家旅行社，她喜爱佛教文化，被博大精深的佛教文化深深折服。在行万里路的工作过程中，她许下心愿，历经艰辛，开发了一个很有意义的高端心灵旅游项目：四国遍路。拙作即为其首发团圆满而归之作，以下为王东才女的美文：

金刚经文里说的“不惊、不怖、不畏”，文字简单易懂，初读时候，觉得这有何难？读到，似乎就做到了。

但是，离开经文，回到生活，但凡有一点风吹草动，病疫流行，飞机空难，闪电地震——还是会让人害怕、恐惧、惊慌。

今年偶然奇想的日本遍路朝圣之旅，各种机缘聚合，诸多周折，终于定下在初夏的五月大幕开启。

然而，4月的一场熊本地震，让我甚为担忧，就算是我无所畏惧，同路人是否也和我想法一致？

然而，没有想到的是：此行有缘同路人，竟然没有一个人胆怯和放弃，这让我顿感释然，也因为客人的坦然，让我放下了“我以为”。

这一次，不为风景人事，只为放下而踏上路途。读懂经文很容易，能在生活里切实做到，长久却非易事。修行，真是件长久的事！

始建于平安末期的知恩院，在京都的寺院中为净土宗的总本山。相传创始人法然上人，受中国善道和尚托梦，见阿弥陀佛化身着金色袈裟自西方乘祥云而来，一语道破念佛的困难，故始创净土宗。

四国问禅行：日本京都的四国岛，有一条和西班牙圣地亚哥朝圣路，以及日本熊野古道并列为世界上最美的朝圣之路，目前已经申遗。

这条路，最初由遣唐使空海大师，选四国88所寺庙作为真言宗灵场修行巡礼而成，后来弟子模仿大师的路径，逐渐形成今天的“四国遍路”。

它跨越1200年的历史和1200千米的长度，让人体验到人生修行的四个境界：发心、修行、菩提、涅槃。

遍路修行的途中，人最终从脆弱、虚无，逐步走向坚定和提升，这就是“四国遍路”的意义。

今天我们从遥远的地方，踏上这条令人憧憬的巡礼修行之路，感谢一路同行人，一切缘起皆从“发心”开始。

日本原风景，大步危峡，藤蔓桥。

安乐寺，是四国 88 所寺庙的第六所，此次的朝圣之旅就从今晚住在这所精致寺庙，体验佛教文化的点滴细节开始了。

安乐寺内，有为数不多的客房以及精致的膳食，专供朝圣的遍路者接待之用。一餐清淡的晚膳之后，所有的遍路者在主持的带领下，

诵经、进香、同做晚课。我也生平第一次在主持的带领下，在肃穆的日本寺庙内，用日语念诵心经全文。此时此刻，当诵经声绕梁而上，佛堂之内，不分国籍，无论年龄，僧俗不二，空心、空性渐显……

念有艰旅照慈灯：修行包括修和行，行路也是一种修行。在四国遍路上追寻先贤的脚步，相信艰苦的旅程中有一盏慈悲心灯照耀着，把人引向光明的彼岸。

遥向山门仰止：知恩院坐落在一座山上，山门雄伟，为日本最大的门，分开了梵、俗两界。遥向山门，慢慢走近，景仰之心油然而生。

顿忽洪钟警也，迷海速皈明：寺内有日本最大的铜钟，年年除夕夜，由17位僧侣齐力撞响，浑厚洪亮的钟声划破夜空，警醒茫茫大海中迷惘的众生：苦海无边，回头是岸，迷途知返，皈依光明。

千里走修学：在1200千米的路上修省学习、勤勉精进。

品性得开升：人的品性得到开拓提升。

参仪法：在肃穆的安乐寺，用完清淡而精致的晚膳，一群有缘者聚在一起，在主持的带领下，进香、做晚课，用日语诵读《般若波罗蜜多心经》。

习打坐：在幽静的建仁寺，向禅人练习打坐。

建仁寺，临济宗总本山，坐禅听经，完成一段不可或缺的修行之旅。

缮妙经：一炉香，一支笔，一段传说，一次体验；一群有缘人和我一起，端坐在安静的时光里，幽静的知恩院山上，据说是日本灵元天皇的女儿——吉子修行的房间内抄经，殊胜之喜悦蔓延。下午的阳光洒满桌前的庭院，似有似无的古寺钟声和通灵的鸦鸣，在天空中飘过……这一刻，我感觉到心在手中紧握的笔尖上，描绘出一段一段的心得，所谓：心不错乱、心不失念，身心无诸苦……

佛光煦众：端坐在知恩院安静的斜阳里，伴着袅袅炉香，殿堂里芳馨飘逸，修行者提笔临帖，抄写《金刚般若波罗蜜经》。

漫渐宝殿逸兰馨

方且珠玑启塞：经文字字珠玑，开启心智。

更就箴言引度：大师弘法，句句真言指点迷津，度化众生。

一个人走路，才是你和景物之间的单独私会，
除此之外，别无他物！

蒙昧化神清：昏聩愚昧顿化为神清气朗。

在日本人那里，为什么将自然等同于神？这无关乎先验，无关乎构造，更无关乎美丽，而在于自然的四季轮回，带来的无比美妙的季节感。

《万叶集》里表现出来的季节感，是日本人思考的底部哲学。日本文化的形态，本质上就是用植物的美来支撑的。

日本最具才气的诗人萩原朔太郎说过，走在嫩草上，我是五月的贵公子。

理解了日本的哲学思考底线，才能全然理解日料的审美之根。

餐具必须优美，厨房必须干净，进食必须有礼仪。为什么要这样做？因为你是在向鲜活做最后的道别，因为你是在向杀戮这个行为做忏悔与祈祷。

食材的丰富多样，或者说其内在拥有的复杂与混沌，正是生命的本源。即使舌尖上仅仅是一个草莓，含住它的瞬间，也能感受出草莓的鲜活风情。

味道好，其实是生命力的效用。放入口中的食物，感到好吃，是与生命相连的。从自然中采摘的野菜和果物，之所以好吃，在于鲜活的生命力。加工食品之所以不好吃就在于失去了生命力。

川端康成的《古都》，通过赏樱、葵节、伐竹会、大字篝火、时代节，展示古都时令的推移，自然就像一个色彩斑斓的流动体，变换出“好吃”“好玩”之美。

好的产品常常是匠人一遍一遍打磨出来的。它代表着精细，执着，少量，严谨，其背后所隐含的是专注，对完美的追求以及一颗孜孜不倦的心——这是工匠的魅力所在，也是持久地吸引顾客的原因所在。

在德岛县美马郡，当地最大蓝染商吉田家住宅地所在的幽静古街上，各种手工买到手软，第一次看到大陆的客人来此，体会什么叫中国式爆买，店家完全 hold 不住。

人生路，即遍路！从 13 番到 17 番所，从阳光到小雨，诵经、纳经，走过田园、竹林、小径、山坡，当下圆满！

年纪越大，可以舍弃的东西就越多，因为可以失去的东西越来越少。

我想，并不是因为可以失去的越来越少，是因为想要记住的都已经在心里，想要留下的都已在身边，余下的又何必强留……

在路上，和大师同行，与慈悲和智慧同行，这就是行走的意义！

晚霞映照的德岛，看看，也是醉了。

觉悟菩提界，超脱涅槃成：这样一次充实心灵的佛学体验之旅很有意义，团员们都向往着继续研习佛法，不断修行，提升品质，觉悟真理，达到智慧菩提境界，修成没有烦恼、超脱生死的涅槃正果。

在距离海面 45 米高的跨海钢桥上，透过玻璃观看世界著名大漩涡，长达 20 米宽的漩涡在眼底深不可测，相当惊心动魄，狂风和巨大的轰鸣声令人感叹自然之神奇！边走边看不一样的日本之鸣门漩涡。

美丽的四国遍路，在天地自然间感知日月星辰，四季轮回，于行走中习得断舍离，新生和鲜活重回生命之本体，欣喜！在路上，和有缘的人、事相遇，彼此牵手前行，此行圆满。

36.【声声慢】走天涯

小女拔萃，托福登榜，西飞求学攀高。
闪亮新鸥腾翅，奋出温巢。
志在云天舒达，傲汪洋，踏浪穿涛。
竞万里，负宗门荣望，名第英翘。

碧玉几家不宠？伤离别，慈母忧楚沈寥。
独守空帷零落，夜雨纷挠。
横笛断吹灞柳①，立长亭②，烟水潇潇。
凭栏处，浩茫苍山叠，笼雾轻飘。

〔注释〕

①灞柳：西安城东的灞河，两岸栽柳万株。唐时亲友十里相送，长亭更短亭，在灞桥分手，并折柳相赠，因“柳”和“留”谐音，表达依依不舍之情，有“年年柳丝不堪折”之伤感。历史上称此桥为“情尽桥”“断肠桥”，流传着“年年柳色，灞陵伤别”等千古绝句。“灞桥风雪”为关中八景之一。

②长亭：秦汉时期开始在道路上设十里一长亭，五里一短亭，作为信使休息的驿站。经过文人吟咏，长亭、杨柳、美酒、灞桥、南浦等字眼被赋予了送别的特殊含义。李叔同《送别》：“长亭外，古道边，芳草碧连天。”

〔后记〕

兹有小家碧玉，考上美国大学，填词祝贺。

〔声声慢〕

词牌名。原名为宋代晁补之《胜胜慢》，意为比一般的慢曲更慢。慢：相对于令曲，指慢曲。慢曲字句长，韵少，节奏缓慢，悠长婉转，缠绵悱恻，一声声愁断人肠，有“慢处声迟情更多”的说法。宋代李清照《声声慢·寻寻觅觅》有名句：“寻寻觅觅，冷冷清清，凄凄惨惨戚戚。”

〔宫调〕

夷则羽，俗称仙吕调，仙吕调清新绵邈。词作题材有离思、写景、感时伤世、祝寿等。格调流丽谐婉、缠绵掩抑。忧乐均宜。

〔宫调探讨〕

《声声慢》，《钦定词谱》注为：仙吕调。经多方查询，也只有仙吕一调。仙吕调清新绵邈，就是清新而意境深远、回味悠长。但是李清照《声声慢·寻寻觅觅》声情撕心裂肺，格调明显不符合仙吕调。

经查考历代《声声慢》词作共52首，不算热门词牌。其中平声韵体42首，入声韵体8首，仄声韵体2首。

如果把感情色彩粗略分为喜、平、忧、悲四类，则喜平类占31首，忧悲类占21首。因此，不能把《声声慢》声情归为愁苦忧思。

平声韵体中，喜平类占28首，忧悲类占14首。虽然是2:1，但是14首的绝对值也不小，可看作平声韵体全部适合喜、平、忧、悲四类感情色彩。

入声韵体中，喜平类占2首，忧悲类占6首，比例为1:3，基本可以认为入声韵体适合忧悲类感情色彩。

仄声韵体只有2首，一首喜平类，一首忧悲类。因为绝对值小，可忽略不计。

最严重的悲痛感情色彩，平声韵体占一首，首见于晁补之的正体《胜胜慢·朱门深掩》；入声韵体占一首，为李清照《声声慢·寻寻觅觅》。两者平分秋色。

通过以上数据分析，似可认为，平声韵体适合各种感情色彩，入声韵体适合悲痛类感情色彩。

既然平声韵体已经包含悲痛类感情色彩，为何李清照还要另创入声韵体？可能因为，平声韵体的悲痛仅仅是哀伤，没有悲愤的成分，而最能体现拗怒情感的当属入声韵。

那么，用了入声韵，岂不是远离了仙吕调的清新绵邈意境？这就是很多宋词有多种宫调的原因。宋词是靠词作大家不断推陈出新而集大成的。大家者，不满足于现状，豪放不羁，不受条条框框束缚，不能尽兴则改之。因为名气大，改得又合乎情理，迅速被大众接纳。久而久之，人们往往记住了变体，遗忘了正体，《声声慢》只是其中一例。

那历代众多的诗词研究者为什么会忽略这么重要的变体而没有增补宫调？不得而知，很可能是笔者孤陋寡闻。笔者试认为比较接近这个变体的宫调是夷则商，俗称林钟商。商调凄怆怨慕，应押入声韵。格调压抑凄凉、低回沉抑、情调幽咽。

笔者浏览当代网络原创诗词多年，《声声慢》也是小众词牌。其中绝大部分都是平声韵体，偶见入声韵体。那我们什么时候填入声韵体？可以传世的诗词一定是真情实感的写照，窃以为，由于李清照巨大的标杆作用，最好不要贸然填入声韵体，否则很容易填成香阁望月体、脂粉红泪体、无病呻吟体。

〔格律〕

1. 高、巢、涛、翘、寥、挠、潇、飘：押平韵。

2. “小女拔萃，托福登榜”“宗门荣望，名第英翘”：对仗。

3. 傲汪洋、竞万里、负、伤离别、立长亭、凭栏处：领格字。

4. 西飞、闪亮、奋出、志在、踏浪、碧玉（后置几家）、忧楚、独守、夜雨、断吹、烟水、浩茫、笼雾：虚词位。

5. “闪亮新鸥腾翅，奋出温巢”“独守空帷零落，夜雨纷扰”：此两句也可四六断句，虚词位可放在后句的前两字。

6. 伤离别，慈母忧楚沈寥：此句也可五四断句，但首字必须是领格字，后四字和再后面四字对仗。

37.【临江仙】游子归

仆仆[1]旅燕归思切，飘零半世还家。
千山梦回望天涯，
兼程[2]偿夙愿，几度醉烟霞。

多少离愁多少念，消于醇酒清茶。
故知悄染鬓霜华，
喜看新辈续，烁烁两琼葩。

（别体，例词：贺铸《临江仙·巧剪合欢罗胜子》）

〖注释〗

①仆仆：风尘仆仆。

②兼程：风雨兼程。

〖后记〗

同学去国三十载携小女还家，历大阪、北京、成都、中国香港，一路见证同窗情谊，填词一阕以寄之。

〔临江仙〕

词牌名。《临江仙》源起颇多歧说。“临”本意是俯身看物；临江而看的自是水仙。明代董逢元《唐词纪》认为，此调“多赋水媛江妃”，即多为咏水中的女神。调名本意即临江凭吊水仙女神。但中国历代所祭的水仙并不确定，有伍子胥之为长江水仙、屈原之为湘江水仙，还有曹植笔下的洛河女神，都是人们祭祀的对象。明代杨慎《临江仙·滚滚长江东逝水》有名句：“青山依旧在，几度夕阳红。”

〔宫调〕

1. 正格夷则羽，俗称仙吕调。仙吕调清新绵邈。词作题材有闺情、怀人、忆旧、归隐、羁旅、送别、感时伤世、祝寿等。格调流丽谐婉、缠绵掩抑。忧乐均宜。

2. 变格林钟羽，俗称高平调。高平调条拗滉漾。

3.《钦定词谱》另注“南吕调”。并无“南吕调”之称，是否“南吕宫”之误？

拙作为仙吕调。

〔格律〕

1. 家、涯、霞、茶、华、葩：押平韵。

2. 兼程偿夙愿，几度醉烟霞：此处宜对仗。《临江仙》受词人青睐而被广泛创作，其对仗形式多样，有上阕对，有下阕对，有上下阕都对，有上下阕都不对。

3. 仆仆、半世、梦回、兼程、几度、离愁（前置多少）、消于、悄染、喜看、烁烁：虚词位。

[鸣谢] 美篇诗友梦雅和

【临江仙】步韵凭风

回首流云朝夕楚，巫山割据还家。
满怀秋意托天涯，
几番行乐土，一抹向飞霞。

残叶由关残叶苦，月明相伴梅茶。
奈何人远岁霜华，
载东方细雨，待旭日春葩。

仆仆旅燕归思切

多少离愁多少念，消于醇酒清茶

故知悄染鬓霜华

喜看新辈续，烁烁两琼葩

38.【五绝】爽秋

崇山修竹锁，密径识人稀。
走马驰秋韵，探幽揽郁菲。

〖后记〗

友人的小孩学习非常刻苦，难得有暇，全家安排了一次近游。为爽秋照题诗。

39.【对联】师表山河

河山表师

拳拳厚意扬鸿爱

汩汩清流润玉华

〖注释〗

玉华：比喻秀出的子弟。

〖后记〗

欣闻孙鹏飞老师为母校吴淞中学捐资百万元，感佩大义，撰一联相送以表敬意。

40.【西江月】仕女把酒吐芳图

旷古两川[①]才淑，绝伦天下娥眉。
锦章[②]斐炳[③]夺琼瑰，造化卓英高气。

当月挈壶把盏[④]，临泉炼句修辞。
文澜奔涌势难羁，纵笔游情畅意。

〔注释〕

①两川：唐代指四川。唐代在剑南道置东川、西川两节度使，因有两川之称。

②锦章：对别人诗文的美称。

③斐炳：文采鲜明貌。

④挈（qiè）壶把盏：提着酒壶，端着酒杯。喻饮酒。

〔后记〕

四川自古才子辈出，而今才女横空出世！成都友人，才貌出众，事业中天。其文思敏捷，短小精悍，锋芒毕露，爱憎分明，兴之所至，恣意汪洋，或叙事，或评说，或茶道，或器壶，或食材，或烹饪，或咏景，或抒情，或明志，或哲理，不一而足，无所不精。其家有小院，可对月独斟；院外临溪，可炼句修辞。唯其要求甚高，精益求精，而须借助烈酒融入情境、发散思维。喝酒伤身，熬夜创颜，其自言“知其不可为而为之”。惜之，慨叹乃奇女子哉！

〖西江月〗

词牌名。名称源出李白诗句“只今唯有西江月，曾照吴王宫里人”。《敦煌曲子词》存有三首无名氏《西江月》，敦煌琵琶谱存此曲音谱。南京师范大学徐倩2012年硕士论文《唐宋〈西江月〉词制研究》对此进行了深入研究。唐代欧阳炯《西江月·月映长江秋水》有名句：“扁舟倒影寒潭，烟光远罩轻波。”

〖宫调〗

1. 正格夹钟宫，俗称中吕宫。中吕宫高下闪赚。词作题材有写景、抒情、议论、感怀、凭吊、怀古、戏谑、叙事等。格调婉转优雅、缠绵悱恻。

2. 变格仲吕宫，俗称道宫。道宫飘逸清幽。

拙作为中吕宫。

〖格律〗

1. 眉、瑰、辞、羁：押平韵。气、意：叶仄韵。平仄韵相协，产生曲折的艺术效应。

2. 两对句多为全对仗。

3. 两川（前置旷古）、天下、锦章（后置斐炳）、造化、当月、临泉、文澜（后置奔涌）、纵笔：虚词位。

41.【沁园春】壶口瀑布

冰挂消融，长河复苏，挟势闯关。
乍[①]壶收九曲[②]，口吞澎湃；轰霆震岳，飙浪冲烟。
烈骥撞围，潜龙脱困，似向云崖怒啸拼。
临风望，共铿锵荡薄[③]，慷慨兴叹。

雄川亘古奔湍，激多少英豪圣哲贤?
自伏羲结网，初民居止[④]；炎黄播种，华夏开篇。
儒道彰扬，汉唐承启，吾族昌昌洪脉传。
高帆举，但稳操正舵，精进新天。

〔注释〕

①乍：突然。

②壶收九曲：九曲黄河一壶收。壶口形似一把无柄茶壶，黄河流经此地突然下泄，从壶口灌入壶中，并从狭窄的河道（壶嘴）往下游流去。

③荡薄：激荡。

④居止：居住，停留。

〖后记〗

黄河是中华民族的母亲河，沉淀了丰富的人文历史，钢琴曲、交响乐，都把奔腾咆哮的黄河演绎得淋漓尽致。八月末看新闻，壶口瀑布上游来水比常年丰沛，气势磅礴，壮怀激烈，于是放下一切，奋笔疾书，十日而成。主题：黄河的精神是百折不挠、所向无前，中华民族的精神是生生不息、坚忍不拔。

〖沁园春〗

词牌名。名称源于东汉权臣窦宪仗势用低价强买沁水公主的园田之典故。窦宪夺沁园后，召集朝中文武来沁园宴饮，文人写了歌颂沁园的辞章令歌姬演唱。我们现在看到定格的《沁园春》，是为北宋苏轼首制。宋代刘克庄《沁园春·梦孚若》有名句："车千乘，载燕南赵北，剑客奇才。"

〖宫调〗

1. 正格黄钟羽，俗称般涉调。般涉调拾掇抗堑。词作题材有言志、议论、叙事等。格调悲壮激昂。

2. 变格夹钟羽，俗称中吕调。中吕调昂扬酣畅。词作题材有议论、叙事、谐谑、酬赠、祝颂等。格调雄壮壮美。

拙作为中吕调。

〖格律〗

1. 关、烟、拼、叹、湍、贤、篇、传、天：九平韵。川：暗韵。

2. 乍、临风望、共、激多少、自、高帆举、但：领格字。

3. 挟势、似向、雄川（后置亘古）、吾族（后置昌昌）：虚词位。

4. 冰挂消融，长河复苏：对仗。此节三个四言句，可前两个对仗，也可后两个对仗。

壶收九曲，口吞澎湃；轰霆震岳，飙浪冲烟：对仗。

烈骥撞围，潜龙脱困：对仗。

铿锵荡薄，慷慨兴叹：对仗。

伏羲结网，初民居止；炎黄播种，华夏开篇：对仗。

儒道彰扬，汉唐承启：对仗。

稳操正舵，精进新天：对仗。

5. 临风望、高帆举：例作平平去。

〖技法讨论〗

《沁园春》，由于它结构的大势和节律的豪放，一直以来受到历代文人和大志之士欢迎，名篇极多。张先、苏轼、黄庭坚、辛弃疾、陆游、刘克庄、汪莘、蒋捷、陈人杰等都以此牌填出了千古绝唱。

然而，本词牌多四言对句，需要对仗，类似于赋体，适合于以赋体入词，但词又最忌呆板滞涩。词不同于诗，对仗多了就显得工整呆板，所以是个较难驾驭的词调。许多名家，比如柳永、李清照、周邦彦、姜夔、史达祖、张炎等，都不见填制。

但是，此调格局开张，掌握得好，却可造成排山倒海之势，显示宽宏器宇和雍容气度，收到良好的艺术效果。愚以本习作之心得略抒浅见。

一、宫调

本词牌有两种宫调：般涉调和中吕调。共同点是都豪迈壮阔，不同点在于悲壮、激壮、雄壮、壮美的感情色彩区分。般涉调取悲壮、激壮两色，中吕调揽雄壮、壮美两色。

悲壮的类型：生不逢时、虚度岁月、报国无门、怀才不遇、婚恋失意等，于苦闷处发愤慨之志。典范词作：宋代辛弃疾《沁园春·我醉狂吟》。清代纳兰性德《沁园春·瞬息浮生》。

激壮的类型：老骥伏枥、壮心不已，发曹操《龟虽寿》之慨。典范词作：宋代陆游《沁园春·粉破梅梢》。

雄壮的类型：霸业已定、金榜题名，祝寿送行，发酬偿大志之快。典范词作：宋代刘过《沁园春·玉带猩袍》。

壮美的类型：山川阔荡、激流澎湃，发曹操《观沧海》之兴。典范词作：宋代汪莘《沁园春·忆黄山》。

描写壶口瀑布，选择大气的《沁园春》词牌比较合适，慢调，字数较多，可尽情铺张，尽显恢宏气势。而宫调中对应的应选中吕调、壮美类型。

二、谋篇布局

上阕主题写景，下阕主题生发感慨。

上下阕各四节，首节和末节要脱出主题，否则就显堆砌、直筒子一杆到底没有层次感。也可理解为：首节和末节是围绕主题而进出。图示：\ __ __ / \ __ __ /。

中间的两节才是主题，但也不能光说一件事，层次感上也要有所区别。具体如下：

第一节：交代时间、地点、人物，进入景色主题。

第二节：描写具体景色。

第三节：议论景色。

第四节：化出景色主题（临风望），总结景色（铿锵荡薄），触景生情（慷慨兴叹），同时启动下阕（兴叹）。

第五节：承接上阕（雄川奔湍），进入感慨主题，交代生发何种感慨（英雄辈出）。

第六节：抒发具体感慨。

第七节：议论感慨。

第八节：化出感慨主题（高帆举），同时启动结尾，表达愿望。

三、对仗

本词牌共114字，其中72字需要对仗，近三分之二。对仗多了容易造成沉闷呆板，怎样克服？

1. 适当变工对为宽对。如“伏羲结网，初民居止”。

2. 变换词性组合，一种组合用过了就不再用。本词共九处对仗，词性组合无一雷同，分别为：

形名动动

名动形形

动名动名

形名动名

副副动动

名名动名（宽对形名动动）

名名动名

名名动动

副动形名

3. 第二节和第六节尤其重要，两节的对仗形式不宜雷同。本词为：

A 对 B；C 对 D；

A 对 C；B 对 D。

不宜用（A 对 B）对（C 对 D）形式，就是 A 对 B 对 C 对 D，四个句式都一样，这样太工整。

四、虚词

多用虚词，多用双叠字，以增加灵动感。领格字和虚词要用比较典型的。

42.【五绝】问王维《鸟鸣涧》

八月桂香飘，春山岂失调？
黎明催鸟唱，竟夜悉沈寥。

〔讨论〕

古人写诗有时也随兴所至，随意挥洒，不拘一格。但是诗评注解往往刻意附会，越解越离奇。

其一：春天何来桂花开？如果解释为山矾（别名春桂），可是，山矾不耐寒，生长在南方，而王维久居北方。如果解释为四季桂，那么，品种繁多的四季桂同样不耐寒，且都是选育栽培出来的，而桂花的人工栽培始于宋代。唯一耐寒开放的日香桂是1983年发现的新品种。

其二：鸟类长夜静寂无声。鸟鸣始于破晓前一小时左右。月出的时间每天延迟近49分钟，虽然说各个时间段都有月出月落，但是中国古代诗文中，月出一般是指上半夜，月落一般是指拂晓。所以，上半夜不会有鸟鸣。如果还要解释“月出”为凌晨月亮从云层遮挡中露出来，那么就不能解释“时鸣”，因为此时的鸟鸣是迅速跟进，马上爆发成大合唱。

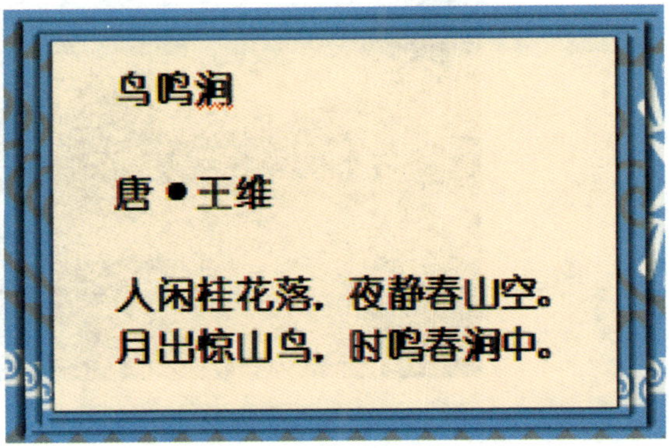

43.【惜分飞】青山无奈流水去

淫雨摧苗霜打蕾，
何误春风桃李？
肃肃刀光[1]起，
落红惊战寒苞碎。

魂断北国追梦季，
别有漓江邂会[2]。
两岸青山峙，
迅流长去韶长逝。

〔注释〕

①刀光：风刀霜剑严相逼。

②邂（xiè）会：邂逅，不期而遇。

〔惜分飞〕

词牌名。南北朝萧衍《东飞伯劳歌》：“东飞伯劳西飞燕”，世遂以“劳燕分飞”为离别之词。《惜分飞》最初由北宋毛滂创调，词咏唱别情。宋代范成大《惜分飞·易散浮云难再聚》有名句：“重别西楼肠断否？多少凄风苦雨。”

〔宫调〕

夹钟宫，俗称中吕宫。中吕宫高下闪赚。题材咏唱别情。格调婉转优雅、缠绵悱恻。

〔格律〕

1. 蕾、李、起、碎、季、会、峙、逝：八仄韵。

2. 何误、肃肃、惊战、魂断、别有、两岸、长去：虚词位。

44.【七绝】贺云涛、心文大喜

云奔涛涌大鹏翔，心蕴文澜绣锦章。
才子佳人今结侣，百年好合与天长。

45.【雨霖铃】偶会生慨

同闾[①]旧识，别音尘旷[②]，偶会辽北[③]。
沧桑莫话流水[④]，曾凌傲许[⑤]，翔云清逸[⑥]。
但问芳华迟暮，可[⑦]归思南国？
顿噎处[⑧]、霜雁鸣回[⑨]，绽裂长空唤羁客。

凭栏望断飞天迹，啄侬心、欲度千山隔。
艰劬[⑩]忍向谁诉？风怒扫、荡抽芦荻[⑪]。
楚雨[⑫]敲窗，何耐惊眠独听残沥。
最不遣[⑬]、游子离怀，静夜乡愁袭。

〖注释〗

①同闾（lǘ）：同乡。

②别音尘旷：久别音信。

③偶会辽北：偶聚辽远的北方。

④沧桑莫话流水：巨变不谈流逝的岁月。有“好汉不提当年勇”之意，是一种谦辞，后面往往要提当年勇。

⑤曾凌傲许：曾经有些恃才傲勇。

⑥翔云清逸：如翔云般清亮飘逸。

⑦可：是否。

⑧顿噎（yē）处：停顿哽噎的时候。

⑨鸣回：回叫。领头的大雁容易疲劳，通过叫声来轮换头雁或鼓励同伴。这里拟人化用以对人的呼唤。

⑩艰劬（qú）：艰辛劳苦。

⑪芦荻（dí）：芦和荻。命苦，弱不禁风而被风肆虐，但生命力顽强。

⑫楚雨：苦雨。

⑬不遣：不能排遣。

〖后记〗

本词描写一个怀乡的女子，她大学毕业后留在北京工作，凭借天资聪颖和超常拼搏，开拓了一片天地。词作灵感来自一次聚会，虽不承认有离人情结，但是她说："退休后肯定回上海。"这是发自心底的呼唤：北京千般好，乡愁是一辈子的。

〖雨霖铃〗

词牌名。原为唐玄宗李隆基命乐人张野狐制曲，调哀伤。安史之乱，唐玄宗逃至马嵬驿，随行将士发生兵变，逼杨贵妃自缢而死。平乱之后，玄宗经巴蜀栈道北还，一路凄雨沥沥，风雨吹打皇銮的金铃，铃声与山相应，想起杨贵妃，"上四顾凄凉，不觉流涕。左右感动，与之欷歔，故作此曲，以寄恨焉。"（唐代郑处诲《明皇杂录》）宋人借旧曲之名，另倚新声。柳永词抒写离情别绪，词情哀怨，与调情相符。宋代柳永《雨霖铃·寒蝉凄切》有名句："多情自古伤离别，更那堪，冷落清秋节！"

〖宫调〗

夹钟商，俗称双调。双调健捷激袅。词作题材有离情、怀旧、怀古等。格调缠绵哀怨、凄壮激愤。

〖格律〗

1. 识、北、逸、国、客、迹、隔、获、沥、袭：例用入声韵。

2. 本词牌无对仗句。

3. 别、曾、可、顿噎处、啄侬心、风怒扫、何耐、最不遣：领格字。

4. 偶会、莫话、清逸、但问、绽裂、望断、欲度、谁诉（前置忍向）、楚雨、残沥（前置独听）、游子、静夜：虚词位。

5. 别音尘旷、曾凌傲许：句读多为一二一。

46.【苏幕遮】霜月[1]伊人

雨潇潇、思漫漫，
芳迹飘零，域外天涯畔。
空待没尘香逸散，
霜月伊人，海阔烟波瀚。

水汹澎、嵩伟岸[2]，
歧阻难寻，付托鱼鸿断[3]。
翘首千帆俱过眼，
立尽夕阳，暮渐风涛乱。

〖注释〗

①霜月：清冷的月亮。

②嵩伟岸：高山雄伟。

③鱼鸿断：鱼沉鸿断，音信断绝。古人认为鱼鸿能传书，且是天意。

〖后记〗

这位同学不好找，早年去了美国，鸿断鱼沉，虽经多方打听查找，极尽所能而无果。同学聚会时谈起，大家一片唏嘘、失落，流露出坐等黄土掩埋的无奈。

〖苏幕遮〗

词牌名。敦煌曲子词中有《苏莫遮》，起源于西域龟兹国的一种舞戏浑脱舞，“浑脱”是囊袋的意思。跳舞时大家用皮囊灌水互相泼洒，为了不使冷水浇到头上，表演者就戴上一种涂了油的帽子，高昌语叫“苏幕遮”。初唐时浑脱舞传入中原，曾盛行一时。近人俞平伯《唐宋词选释》考证，苏幕遮是波斯语的译音，原义为披在肩上的头巾。此调为唐人所创，宋人沿用。范仲淹词气象宏大，辽阔苍茫，抒写离愁别恨跳出闺阁庭院而显雄沉刚健。宋代范仲淹《苏幕遮·怀旧》有名句：“碧云天，黄叶地，秋色连波，波上寒烟翠。”

〖宫调〗

黄钟羽，俗称般涉调。般涉调拾掇坑堑。词作题材有旅愁、怀旧、写景、酬赠等。格调悲壮激昂。

〖格律〗

1. 漫、畔、散、瀚、岸、断、眼、乱：押仄韵。

2. 两对句对仗。

3. 四言、五言、七言句首两字均为虚词位。

47.【五律】依韵[1]和王维《山居秋暝》

起早农桑女，娇慵[2]论嫁[3]愁。
曦微当浣濯，月霁[4]合[5]眠休。
日朗干衣快，宵阴沤绢馊[6]。
莲塘非水道，薄暮返渔舟。

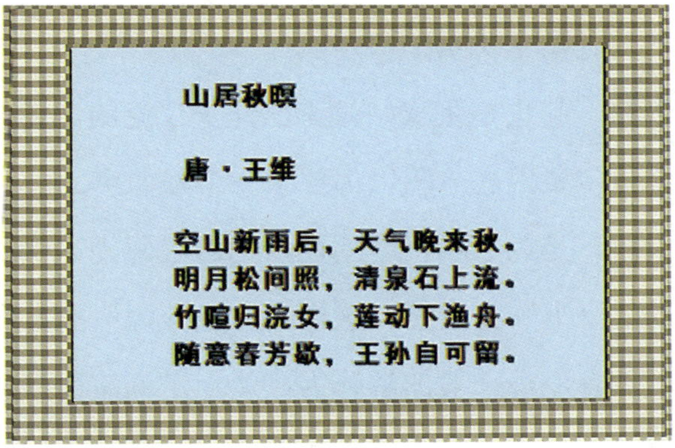

〔注释〕

①依韵：和诗有三种方式：步韵（次韵），依韵，从韵。

②娇慵：娇气慵懒者。

③论嫁：谈婚论嫁。

④月霁（jì）：月色澄朗。

⑤合：应当，适合。

⑥沤（òu）绢馊（sōu）：长时间闷湿衣物产生馊味。

〔讨论〕

王维的《山居秋暝》描写了山区的秋景和农人怡然自得的生活场景，但是把日夜的场景搞混了，一些诗评又极力穿凿附会。

日出而作，日落而息，这是古人普遍的作息规律。本诗仅对“明月……归浣女”“莲动下渔舟”展开议论。

一日之计在于晨。有过农村生活经历的人都知道，农家儿女都勤劳，天蒙蒙亮就要起床。雄鸡报晓，要放出鸡鸭，让它们尽量去外面觅食，以尽快增重，也节约粮食，否则它们会躁动不安，在笼中互相打斗。鸡鸭的属性也决定了人们早起早睡，违背不得。起床后还要赶紧挑水，把水缸里一天吃喝的水挑满，因为上游浣洗的人少，越早越干净。还经常要赶早集买卖一些东西。

农村人聚在一起也是张家姑娘李家儿子议论的。谈婚论嫁时，爱睡懒觉的家里肯定要发愁，所以都要求一个好名声。

趁早洗衣服，是为了利用晴朗白天的温暖阳光来晒干衣服。晚上洗完衣服，只能沤上一夜发馊，这样的姑娘是嫁不出去了。

“莲动下渔舟”，一般的解释为：从上游顺流而下的渔舟搅动了荷叶。有点牵强附会，说明诗评者也注意到，这个“下”字不好解释，只能望文生义解释为从上游顺流而下。这样的刻意附会应该是缺乏农村生活经验。其一，能够行舟的、有上下游流水的河道，两边是没有莲的。其二，莲喜相对稳定的静水，不爱高低悬殊的流水，一般是静止的湖面，或是临河道的浅水池塘，筑有堤坝，但坝顶没于水面，需要少量的新鲜水流，但要保持底部富含腐殖质的黏土，就是发臭的黑色淤泥。流水的河道不会淤黑。

作者在农村观察到的情景是：小舟系泊在莲塘堤坝外的岸边，农人下舟，就是从高处的岸堤一步跳下小舟，小舟猛然沉浮，引起邻旁莲塘的晃动。“下渔舟”，一般就是去打鱼，开始一天的劳作。也有夜钓，那是在夏天，秋天不用夜钓。

为什么是“薄暮返渔舟”？农家一年到头有晒不完的东西，要经常翻晒、收纳稻谷、衣被。鸡鸭赶回笼，牛羊牵归栏，然后烧猪食。掌灯时分一家人能够坐下来吃饭已经不错了。所以，如果有明月伴舟回，也是偶尔有之，并且心急火燎，而不是怡然自得。古人写诗，有时追求意境，不能苛求白璧无瑕，一些瑕疵不影响王维作为一个伟大诗人的光辉形象。但是诗评将错就错刻意附会，这就无趣了。

浪漫的诗词是需要夸张的，比如“飞流直下三千尺”。但是为了夸张而不顾日夜、四季的场景，则不可取，比如“梅香暗送秋波里，柳絮夜飘冬雪中。”

48.【渔家傲】冬日登居庸关抒怀

雪锁雄关冰锁道。
气冲沉雾昏天搅。
劈嶂断云回悖鸟，
当绝峭，
游龙纷竞岚霏缭。

千古功名汤火①讨，
几多壮烈春秋②耀。
暮薄居庸烟浪浩，
凭风眺，
蹉跎岁月空悲啸。

〔注释〕

①汤火：滚水与烈火。赴汤蹈火。

②春秋：一是泛指历史。二是古代史书的通称。甘洒热血写春秋。

〔渔家傲〕

词牌名。渔家傲，作为曲调，原是用于佛曲、道曲。北宋范仲淹首创词牌，词牌名取自同时代的晏殊词句“神仙一曲渔家傲”。

范仲淹戍边时作《渔家傲》数曲，皆以“塞下秋来”为首句，颇述边镇之劳苦，被欧阳修呼为“穷塞王”。其边塞诗《渔家傲·秋思》有名句：“千嶂里，长烟落日孤城闭。”

〖宫调〗

1. 正格黄钟羽，俗称般涉调。般涉调拾掇坑堑。范仲淹首创，词作题材有言志、议论、叙事等。格调悲壮激昂。

2. 变格夹钟宫，俗称中吕宫。中吕宫高下闪赚。欧阳修承启，词作题材有写景、应歌、酬赠等。格调婉转优雅、缠绵悱恻。

3. 变格夷则羽，俗称仙吕调。仙吕调清新绵邈。李清照拓展，词作题材有咏花、写景、闺情等。格调流丽谐婉、缠绵掩抑。

拙作为般涉调。

〖格律〗

1. 道、搅、鸟、峭、缭、讨、耀、浩、眺、啸：押仄韵。

2. 雪锁、沉雾、劈嶂、当绝峭、纷竞、功名（前置千古）、壮烈（前置几多）、暮薄、凭风眺、岁月（前置蹉跎）：虚词位。

3. 千古功名汤火讨，几多壮烈春秋耀：查考历代词作 40 首，仅有两首下阕对仗。

〖后记〗

居庸关，屹立在太行山的余脉军都山的崇山峻岭之上，层峦起伏，错峰叠翠。登上烽火台，极目远眺，雄沉刚劲的北方山势，尽收眼底。

两峰夹峙，一道中开。居庸关的中心，是一座关城，平时通行商旅，战时紧闭门洞。

居庸关两侧，山势雄奇险峻，万仞壁立，如刀削斧劈，有“一夫当关，万夫莫开”之险。

两翼长城依山就势，建在陡峭狭窄的山脊上，宛若游龙奔腾于群岭之上，不见首尾，气势之磅礴，令人惊叹！

居庸关为北京的西北门户，是交通要道，京张高速、京张铁路皆穿行于此，也是北京的天然屏障，历来为兵家必争之地。

早在春秋战国时期，燕国就扼控此口。先秦吕不韦等《吕氏春秋》、汉代刘安等《淮南子》皆曰：“天下九塞，居庸其一也。”从匈奴扰边、鲜卑犯塞开始，这里历朝历代战事连绵不断。明朝李自成农民军攻到居庸关下，守关将领献关而降，李自成大军得以长驱直入，北京城如探囊取物。

我们今天所见的长城，已非秦始皇长城，它东起山海关，西至嘉峪关，是明朝历时 270 年、耗费巨大国力重建的，屯有重兵大炮，是强大的军事要塞。

但是临危之际崇祯皇帝自毁长城，袁崇焕至忠至勇而遭凌迟，吴三桂等将领众叛亲离，王公贵族中饱私囊、离心离德。明朝大修长城而不修民心，这样的陆地航母修得再多有何益！

登临居庸关，面对波澜壮阔的图景，遥想金戈铁马的烽火年代，功名险中求，勋业满战火，一幕幕恢宏的史剧浮现眼前，感慨油然而生。

雪锁雄关冰锁道

气冲沉雾昏天搅

49.【醉花阴】翠谷山庄[①]

大洋落日燃欧陆，
洒向穹隆煜。
烈炬灼天炉，
销[②]铂熔金，翻打[③]浆汤覆。

炜煌[④]翠谷瑶芳簇，
暝色山庄沐。
迷醉一花姑[⑤]，
翘望烟霞，亭立虹溪曲[⑥]。

〖注释〗

①翠谷山庄：位于法国诺曼底。

②销：熔化金属。

③翻打：打翻（天炉）。

④炜煌：辉煌。

⑤花姑：女园丁。

⑥曲（qū）：水流的弯曲处。如：河曲，江曲。

〖后记〗

法国诺曼底有一座翠谷山庄，披着绮丽的斜晖，那是大西洋的落日，发出最后的辉煌，烧红了半边天空，犹如打翻了熔炼金铂的天炉，仿佛天空在燃烧，映照着如火的晚霞，迸射出万丈光芒。山庄花团锦簇，馥郁芬芳，那是女主人辛勤打理的成果。每天傍晚，女主人站在曲水小桥旁，凝望绚丽彩霞，心醉神迷。

〖醉花阴〗

词牌名。调名本意即咏醉酒于花丛树荫下。北宋毛滂词中有“人在翠阴中……劝君对客杯须覆”句，又名“醉春风”“醉花去”。自李清照以此调写重阳节序之后，宋人多沿用。宋代李清照《醉花阴·薄雾浓云愁永昼》有名句：“莫道不消魂，帘卷西风，人比黄花瘦。”

〖宫调〗

1. 正格无射宫，俗称黄钟宫。宫调曲雅沉重。词作题材有重阳节、悲秋、闺思别愁等。格调缠绵沉郁。

2. 变格夹钟宫，俗称中吕宫。中吕宫高下闪赚。词作题材有言志、咏物等。格调婉转优雅、缠绵悱恻。

拙作为中吕宫。

〖格律〗

1. 陆、煜、覆、谷、簇、沐、曲：七仄韵。谷：藏韵。

2. 落日、洒向、灼、销铂、翻打、翠谷、暝色、迷醉、一、翘望、亭立：虚词位。

3. 洒向穹隆煜、暝色山庄沐：此两句的句式有二二一（虚词位在前）、一二二（领格字在前）、二一二（虚词位在中）。上下阕句式可不同。

4. 烈炬灼天炉、迷醉一花姑：此两句的句式有二二一（虚词位在前）、二一二（虚词位在前和中）。上下阕句式可不同。

大洋落日燃欧陆

洒向穹隆煜

烈炬灼天炉

销铂熔金

翻打浆汤覆

炜煌翠谷

瑶芳簇

暝色山庄沐

迷醉一花姑

翘望烟霞

亭立虹溪曲

50.【满江红】长歌悲风——祭宋公教仁

旷世奇才，问[①]谁妒、英年殉国？
叹擎柱、公[②]将不起，民当[③]匍匐[④]。
虎豹[⑤]登场天地搅，蚁蝗奔火中原炙[⑥]。
野骨上、比悍[⑦]走群雄[⑤]，兵灾急。

阳关道，由此塞；鸿祚运[⑧]，须臾逆[⑨]。
奈共和倾覆，宪纲停息。
东海汹汹排恶浪，昆仑颤颤崩危石。
殇华夏、无尽劫波沉，长歌泣[⑩]。

〔注释〕

①问：杀害宋教仁的元凶，至今成谜，成为世纪之问。

②公：敬辞，对男子的尊称，这里指宋教仁。

③当：应当，将要。

④匍匐：趴伏、屈服。匍匐在法西斯铁蹄下。公将不起，民当匍匐：这是针对宋教仁临死前说的“吾痛甚，殆将不起”（我很痛，大概不会起来了）这句话而引申的。

⑤虎豹、群雄：这里指大小军阀。

⑥蚁蝗奔火中原炙：士兵蜂拥奔向战场，中原（中国）被烈火炙烤。

⑦比悍：较量谁更凶悍。这里指打仗不是较量谋略、装备、人数，而是较量谁更凶残无底线。

⑧鸿祚（zuò）运：经久不衰的国运。

⑨须臾逆：很快逆转。

⑩长歌泣：长歌而泣。

〖满江红〗

词牌名。调名来源说法不一。一说调名咏水草（水荭）。满江红是一种生长在水田或池塘中的小型浮水植物。秋冬时节，它的叶内含有很多花青素，群体呈现一片红色，所以叫作满江红。一说调名咏江景。唐代诗人白居易《忆江南》词有“日出江花红胜火”之句，描绘太阳出来光照江水的美丽景象。此调为北宋柳永创调，在南宋至清代都可付诸歌喉。1920 年北京大学音乐研究会发现一支古曲，1925 年由杨荫浏将岳飞词配此古曲，词曲契合，艺术效果极佳，自此广为传唱。其调子较高，故有激越之感，声情悲壮雄浑，格调沉郁激昂。该词牌佳作颇多，前人用以抒发怀抱，表达慷慨悲壮之情。宋代岳飞《满江红·怒发冲冠》有名句：“壮志饥餐胡虏肉，笑谈渴饮匈奴血。”

〖宫调〗

1. 正格林钟宫，俗称南吕宫。南吕宫感叹伤悲。押入声韵。词作题材有抗敌报国、羁旅倦游、闺怨离思等。格调谐婉怨抑、拗怒悲咽。

2. 变格夷则羽，俗称仙吕调。仙吕调清新绵邈。押平声韵。

拙作为南吕宫。

〔格律〕

1. 国、匐、炙、急、塞、逆、息、石、泣：例用入声韵。

2. 公将不起，民当匍匐：应对仗。

虎豹登场天地搅，蚁蝗奔火中原炙：宜对仗。

走群雄，兵灾急：可对仗。

阳关道，由此塞；鸿祚运，须臾逆：应对仗。

共和倾覆，宪纲停息：可对仗。

东海汹汹排恶浪，昆仑颤颤崩危石：宜对仗。

劫波沉，长歌泣：可对仗。

3. 问谁妒、叹擎柱、野骨上、奈、殇华夏：领格字。

4. 旷世、不起、匍匐、登场、奔火、比悍、走、由此、须臾、倾覆、停息、汹汹、颤颤、无尽：虚词位。

5. 奈共和倾覆，宪纲停息：此句也可三六读。如“驾长车、踏破贺兰山缺”，则“驾长车”为领格字，“踏破”为虚词位。

〔技法讨论〕

本词牌的特点类似于《沁园春》，相关技法请参见《沁园春》技法讨论一节，此处仅讨论对仗。

令引近慢，是唐宋杂曲的四种体制。令词短小，引、近接近中调，慢词较长。《满江红》全文 93 字，属于慢词，而可对仗处达 68 字之多。宋词奔放跳跃，而对仗多了容易造成沉闷呆板，需要克服。经过对一些名家所填《满江红》的学习揣摩，有如下心得：

1. 变工对为宽对。

2. 同样位置，上阕对了下阕可不对，反之亦然。应平均分布，不可全挤到上阕或下阕。

3. 多用虚词，多用双叠字，以增加灵动感。诗词中一味堆砌实字为大忌。

重点讨论“阳关道，由此塞；鸿祚运，须臾逆”一节。

1.（A 对 B）对（C 对 D）。四个句式完全一样，最不可取。

2. A 对 B；C 对 D。前对句和后对句句式不同，富有变化，但是互相割裂了。

3. A 对 C；B 对 D。每句和左右的句式都不同，前后还有联系，似为最佳。

〖传奇〗

宋教仁（1882 年 4 月 5 日－1913 年 3 月 22 日），字钝初，号渔父，湖南省常德市桃源县漳江镇渔父村人。中国“宪政之父”，与黄兴、孙中山并称，长沙华兴会、日本同盟会的主要创始人，辛亥革命的主要领导人，杰出的民主革命家，伟大的民主革命先行者，国民党的改组者，中华民国的主要缔造者。1913 年被暗杀于上海，终年 31 岁。

早年，宋教仁在日本东京法政大学、早稻田大学留学。他对社会制度特别感兴趣，广泛阅读、系统学习并翻译了大量世界各国的政治制度，深入研究了西方共和国方案，积极宣传三权分立的思想，努力推广宪政。

51.【念奴娇】祁连怀古

祁连俯瞰[①]，略[②]罡风[③]劲草，千里萧瑟。
皓皓雪山[④]危凛凛，独守秋原荒僻[⑤]。
烟气冲云，阴霾笼塞[⑥]，断雁鸣仓迫。
胡沙[⑦]昏蔽，梦回尘古朔北。

天假[⑧]大汉英才，骠姚[⑨]新锐，孤胆驰穷域[⑩]。
剑指单于追绝海[⑪]，飞骑纵横骄逸。
马踏匈奴，刀寒漠野，犁扫[⑫]西戎国[⑬]。
少年功烈，慨叹青史彪赫[⑭]。

〔注释〕

①祁连俯瞰：站在祁连山顶向北俯望，依次是草地、高山、沙漠，古战场一览无遗。

②略：领略。

③罡（gāng）风：劲风。

④雪山：这里指祁连山隔河西走廊之北相望的龙首山－合黎山－马鬃山，高度不及祁连山。

⑤独守秋原荒僻：龙首山－合黎山－马鬃山以北，是千里荒原，再无高山。

⑥塞（sài）：长城边塞一带。

⑦胡沙：胡地的沙尘，喻胡虏的凶焰。

⑧天假：上天授予。

⑨骠（piào）姚：汉武帝封首次出征的霍去病为骠姚校尉，后多以“骠姚”指霍去病。

⑩穷域：绝域，极远的边地。

⑪绝海：北海绝地。今俄罗斯贝加尔湖，古称北海。

⑫犁扫：犁庭扫穴，成语，犁平匈奴龙庭（大本营），扫荡其巢穴。

⑬西戎国：古代中原地区的人自称华夏，把四方的各部落称为东夷、西戎、南蛮、北狄。西戎，包括匈奴等国家或部落。戎：凶，兵。

⑭彪赫：彪炳显赫。

〖念奴娇〗

词牌名。《念奴娇》得名于唐代天宝年间的一个名叫念奴的著名歌伎。五代王仁裕《开元天宝遗事》：“念奴者，有姿色，善歌唱，未常一日离帝左右。每执板，当席顾眄。帝谓妃子曰：‘此女妖丽，眼色媚人。’……官妓中帝之钟爱也。”“善歌唱……声出于朝霞之上，虽钟鼓笙竽，嘈杂而莫能遏。” 传说玄宗每年岁末游幸各地时，念奴常暗中随行，每次辞岁宴会时间一长，宾客就吵闹，使音乐奏不下去，玄宗让高力士高呼念奴出来唱歌，大家才安静下来。元稹称其“飞上九天歌一曲，二十五郎吹管逐”。念奴歌声激越清亮，25 人吹管也盖不过其歌喉。念奴明艳娇媚，色艺双全，于是成为文人艳称的题材，形之歌咏，播于乐府，其声名一直传至后世，相传《念奴娇》词调就由她而兴，意在赞美她的演技。此调是笛子曲，高亢，声情俱壮，宜于抒写雄壮豪迈情感。宋代苏轼《念奴娇・赤壁怀古》有名句：“大江东去，浪淘尽，千古风流人物。”

〖宫调〗

1. 正格黄钟商，俗称大石调。大石调风流蕴藉。例用入声韵。词作题材有赏景、怀古、言志等。格调豪放激壮。

2. 变格夹钟商，俗称双调。双调健捷激袅。格调缠绵哀怨、凄壮激愤。

拙作为大石调。

〖格律〗

1. 瑟、僻、迫、北、域、逸、国、赫：例用入声韵。

2. 朔：此处须用入声字。

3. 罡风劲草，千里萧瑟：宜对仗。

烟气冲云，阴霾笼塞：应对仗。

马踏匈奴，刀寒漠野：应对仗。

4. 略：领格字。

5. 俯瞰、劲草、萧瑟、皓皓、危凛凛、独守、荒僻、断雁、昏蔽、梦回、尘古、天假、新锐、孤胆、剑指、飞骑、骄逸、犁扫、功烈、慨叹、彪赫：虚词位。

6. 略罡风劲草，千里萧瑟：此句也可三六读，则三字句为领格字，六字句的前两字和后两字为虚词位。

〖传奇〗

霍去病：西汉著名抗匈将领，是一位少年将军。他是名将卫青的外甥，两人都有着传奇人生，才干绝人，战功卓著，彪炳史册。

与卫青身世相同，霍去病是平阳公主的女奴卫少儿与平阳县小吏霍仲孺的私生子，因霍仲孺不敢承认私通，所以霍去病随母在宫闱中长大。“去病”“弃疾”之类的名字古代常有，是保佑孩子不生病的意思，当时死亡率高。他生为奴子，长于绮罗，却少有脂粉气，在舅舅卫青的影响下习武练兵，善骑射。

公元前123年，霍去病17岁时被汉武帝任命为骠姚校尉（故霍去病又称霍骠姚），首次跟随卫青出征漠南，初战即率八百骁骑弃大军而深入敌境数百里，把匈奴兵杀得四散逃窜，斩获相国等高官以下2028人，俘虏了单于的叔父，勇冠三军。

公元前121年，在两次河西之战中，霍去病进击河西走廊的浑邪王部和湟水流域的休屠王部，直取祁连山，大破匈奴，歼敌四万余人，俘虏匈奴王5人及王母、单于阏氏（单于的皇后）、王子、相国、将军、祭天金人等120多人。同年秋，奉命迎接率众降汉的匈奴浑邪王，在部分降众变乱的紧急关头，仅率数名亲兵驰入匈奴大营中，斩杀变乱者，稳定了局势，浑邪王得以率4万余众归汉。

河西走廊，两山夹峙，一道中开，介于祁连山（南山）与龙首山－合黎山－马鬃山（北山）之间的狭长谷地，因其位于黄河以西，故得名，是丝绸之路的咽喉。河西之战后，汉武帝即在此“列四郡、据两关”，设置武威、张掖、酒泉、敦煌四郡，据守玉门关和阳关，河西走廊正式并入汉王朝。连同此后汉昭帝设置的金城郡，合称河西五郡，是汉朝经略西北的军事重镇。从此，汉朝控制了河西地区，为打通西域道路奠定了基础。

匈奴为此悲歌：“失我祁连山，使我六畜不蕃息；失我焉支山，使我嫁妇无颜色；失我金神人，使我不得祭于天。” 六畜不蕃息：

牛羊家畜不能繁衍生息。金神人：祭司。焉支山：是祁连山的余脉，水草丰茂，牛羊遍野，是胭脂原料红蓝花的重要产地。据传，匈奴诸藩王的妻妾多从这一带的美女中挑选，匈奴语称各藩王之妻叫“阏氏”（yān zhī），“焉支”或“胭脂”是其汉译的谐音，匈奴没有文字。

公元前119年，汉武帝命卫青、霍去病（时年22岁）各率骑兵5万，深入漠北，寻歼匈奴主力。霍去病率军北进2000多里，与匈奴左贤王部接战，歼敌70400人，俘虏匈奴屯头王、韩王等3人及将军、相国、当户、都尉等83人，乘胜追杀至狼居胥山（今蒙古国首都乌兰巴托以东的肯特山），在山上举行了祭天封礼，又在北面的姑衍山举行了祭地禅礼，兵锋一直逼至瀚海（今俄罗斯贝加尔湖），大捷而归。经此一战，匈奴被汉军在漠南荡涤，匈奴单于逃到漠北，“匈奴远遁，而漠南无王庭”。

汉武帝发起的对匈奴的进攻性战争，改变了汉朝长期在对匈战争中的守势状态，一举打败匈奴，从而长久地保障了西汉北方长城一带漠南地区的边境安全。此战为汉朝进击匈奴最远的一次，“封狼居胥”“禅姑衍”“饮马瀚海”成为典故流传至今。

公元前117年，霍去病因病去世，年仅24岁（虚岁）。汉武帝非常悲伤，为他调来铁甲军，列阵沿长安一直排到茂陵东的霍去病墓。他下令将霍去病墓修成祁连山的模样，以彰显他克敌服远的奇功。

汉代骑兵的发展大致可以汉武帝为界划分阶段，此前是骑兵与车兵并重，此后则由骑兵完全取代车兵，进而成为汉军的主力兵种。大规模使用骑兵集团，犹如坦克独立兵团，快速机动，长途奔袭，是汉军前期战胜匈奴的主要原因之一。霍去病的作战方略是对汉军战术观念的革新。汉武帝曾让霍去病习古兵法，但是霍去病不看兵书，不习兵法。他用兵灵活，注重方略，不拘古法，天马行空，大胆奔放，勇猛果断，善于长途奔袭、大迂回、大穿插作战，迂回纵深、快速突击，以最快的速度完成对匈奴的合围，从最薄弱的环节入手对其实行毁灭性打击。

兵马未动，粮草先行。一般来说，战争是双方国力的较量，具体到一个战役，则是后勤的较量，古今概莫能外。楚汉相争刘邦据敖仓而扰项羽粮道、官渡大战曹操毁袁绍粮仓，都是反败为胜的重要因素，这样的例子不胜枚举。而在漠北之战中，霍去病对汉武帝以倾国之力为其准备的粮草弃而不用，一反常态，轻装上阵，孤军深入，取食于敌，以战养战，向敌人补充军需物资，堪称军事史上的奇迹。

霍去病少年得志，却不曾沉溺于荣华富贵，他将国家安危和建功立业放在首位。汉武帝曾经为霍去病修建过一座豪华的府第，霍去病却断然拒绝，说："匈奴未灭，何以家为？"

霍去病带兵打仗，冲锋在前，享受在后。他把皇帝、皇后赏赐给他的金钱全部分赐给有功的将士。安营扎寨，凿井后他要等到全部士兵都喝上水了他才喝。渡河时他断后，等士兵全部渡河了他才渡。将士们都爱戴他，喜欢投到他的部队来跟随他建功立业。

从 17 岁至 23 岁，霍去病七年六击匈奴皆大捷，青史留名。霍去病的一生是短暂的，但又是闪光的一生、辉煌的一生。男儿建功在沙场，长使驽朽对镜赧！

史书名家点评：

扬雄：浮西河，绝大幕，破置颜，袭王庭，穷极其地，追奔逐北，封狼居胥山，禅于姑衍，以临瀚海，匈奴震怖，益求和亲……

班固：饮马瀚海，封狼居山，西规大河，列郡祁连。

何去非：而卫青起于贱隶，去病奋于骄童，转战万里，无向不克，声威功烈震于天下，虽古之名将无以过之。二人者之能，岂出于素习耶？亦天之所资也。是以汉武欲教去病以孙、吴之书，不肯受，曰："不至学古兵法，顾方略何如。"

陈元靓：殄灭群丑，肃清沙漠。意气峥嵘，功名熏灼。民到于今，叹其雄略。

王夫之：横驰塞北者……而威行乎朔漠。

蔡东藩：六师无功，去病独能战捷，枭虏侯，擒虏目，斩虏首至二千余级……汉武诸将，首推卫霍，一舅一甥，其出身相同，其立功又同，亦汉史中之一奇也。

52.【八声甘州】胡笳[1]十八拍断肠

冠悲歌绝唱数胡笳，十八拍[2]而终[3]。
看朱颜沦野，娇莺沥雨，塞北披风。
草木当春况[4]发，心灭死灰空。
涤尽胭脂泪，女为谁容[5]？

奇耻不堪细诉，满[6]般般啼泣，伤楚千重。
只唏嘘薄命，泼怨问苍穹。
幸天助、文姬归汉，渡劫波、离恨[7]伴哀鸿。
生缘[8]错、昏癫乱世，独合枭雄。

〔注释〕

①胡笳：匈奴民族乐器，是吹奏乐器，因其音色浑厚、深沉，在边塞诗中常用来表现凄楚悲凉的意境，如“胡笳一声愁绝”“君不闻胡笳声最悲”“胡笳吹彻寒月”“胡笳吹月落边声”“悲笳嘹泪垂舞衣”“何处吹笳薄暮天”。

②胡笳十八拍：相传为东汉才女蔡文姬所作，是古乐府琴曲，由18首歌曲组合的声乐套曲，由琴伴唱。“拍”在突厥语中即为“首”，此处意为乐章。起“胡笳”之名，是琴曲曲谱翻自胡笳曲，音律相同。文姬在胡地生活了十二年，对胡笳音乐熟悉，以琴声融胡笳哀声，借以表达思乡、离子的凄楚和浩然悲怨。

③终：终结。至今再无悲歌。

④况：况且。

⑤涤尽胭脂泪，女为谁容：士为知己者死，女为悦己者容。心已枯死，洗尽泪妆，不再妆容。

⑥满：满纸。

⑦离恨：与两个幼儿生离死别。

⑧生缘：佛教语，受生转世的因缘。

〖八声甘州〗

词牌名。因全词前后片共八韵，故名八声。慢词，声情并茂、慷慨悲壮、荡气回肠。原是唐边塞曲，因以边塞地甘州为名。甘州，今甘肃省张掖市甘州区，位于祁连山麓的河西走廊，古时属塞北草原，为匈奴聚居地。宋代苏轼《八声甘州·寄参寥子》有名句："问钱塘江上，西兴浦口，几度斜晖？"

〖宫调〗

夷则羽，俗称仙吕调。仙吕调清新绵邈。词作题材有仕途失意、怀才不遇、壮志难酬、羁旅行役、归隐超脱等。格调流丽谐婉、缠绵掩抑，忧乐均宜。

〖格律〗

1. 终、风、空、容、重、穹、鸿、雄：押平韵。

2. 绝唱数胡笳，十八拍而终：可对仗。

朱颜沦野，娇莺沥雨，塞北披风：排比句。

殷殷啼泣，伤楚千重：可对仗。

昏癫乱世，独合枭雄：可对仗。

3. 冠悲歌、看、满、只、幸天助、渡劫波、生缘错：领格字。

4. 绝唱、草木（后置当春）、况发、心灭、死、涤尽、女为（后置谁容）、奇耻（后置不堪）、薄命（前置唏嘘）、泼怨、问、归汉、离恨、伴、乱世、独合：虚词位。

〖千古绝唱〗

蔡琰，字文姬，文学家，中国古代四大才女之一（卓文君、蔡文姬、上官婉儿、李清照），是东汉名士蔡邕之女。南北朝范晔《后汉书・列女传》称她“博学有才辩，又妙于音律”。蔡邕是东汉时期著名文学家、书法家、音律家，才华横溢。我们今天能听到《高山流水》《广陵散》等中国名曲，就是他编撰《琴操》一书并流传后世的，贡献巨大，他的墨宝石刻现保存在博物馆。在父亲的熏陶下，文姬自幼爱好音乐，并有较深的造诣。她擅长文学、音律、书法，可惜她留存于今的作品仅三部：《胡笳十八拍》和《悲愤诗》两篇，所幸《胡笳十八拍》琴谱流传至今，是中国十大古曲之一。

文姬 16 岁时嫁人，不到一年丈夫因病去世，未曾生育，文姬返回娘家守寡。东汉末年，天下大乱，烽烟四起。文姬 23 岁时在逃难中被匈奴掳走，辗转流落苦寒之地，在塞外飘零了十二个春秋。

曹操向来喜爱文学、书法，常与文姬的父亲蔡邕有文学、书法上的交流，是好友。曹操平定中原之后，与匈奴修好，派使臣用黄金千两、白璧一双从匈奴手中将文姬赎回来。文姬回来后才知道，她苦苦思念的亲人，包括远近亲属，都死于战乱。曹操将文姬重嫁给屯田都尉董祀，文姬时年35岁，就在这年爆发了著名的赤壁之战。抚今追昔，经历了亡家、失身、别子之痛，她“衔悲蓄恨”，用血和泪写下了著名长诗《胡笳十八拍》，叙述了自己一生的不幸遭遇。

《胡笳十八拍》开篇即从文姬在战火中被掳写起，被掳之初就受到了匈奴兵的凌辱。而且匈奴兵野蛮粗俗，不讲义礼，文姬遭受了奇耻大辱。“节义亏”“遭恶辱”，隐含了自己被蹂躏、被侮辱的无数伤心事，不堪细诉……经历千里风尘，越过万重云山，文姬被拉到“天苍苍、野茫茫”的塞北蛮荒之地，沦为性奴，侍奉南匈奴左贤王，是为卑弱下人也。

寒沙莽莽，边荒苦寒，“胡风浩浩”，“冰霜凛凛”，“原野萧条”。文姬孤苦无依，晚上依稀听到陇水之声，流水呜咽凄厉，如泣如诉；早晨努力眺望长城雄姿，长城远在天边，遥不可及。看见南征北归的大雁，她涌起了无限的乡愁。那是一种撕心裂肺的痛楚。（陇水，地处陕甘，在六盘山南段，山势险峻，魏晋佚名《陇头歌辞》：“陇头流水，鸣声幽咽；遥望秦川，肝肠断绝。”陇水在一些古诗文里象征悲伤。历史学家谭其骧先生考证出文姬所居之地在今内蒙古自治区鄂尔多斯市伊克昭盟一带）。

更令她难堪的是“恶俗”。面对紫须绿眼的异类，犹如没入野人国。这里“嗜欲不同”，吃的是牛羊肉奶腥膻之味，难以下咽；穿的是兽皮，到了晚上就把兽皮脱下当被盖，让习惯了丝棉衣被的汉家小女子感觉“骨肉震惊”；住的是临时用草筏、干牛羊粪垒成的窝棚，而且，逐水草而居，经常迁徙，居无定所，有四处流浪的感觉。匈奴部落高兴时就彻夜狂欢，鼓噪声“从夜达明”，难以入睡。文姬在塞北每天过着茹毛饮血、几如禽兽、“流恨”、“恶居”的日子，度日如年，不禁悲叹：“唯我薄命兮没戎虏。”文姬在生活上与精神上都承受着难以想象的巨大痛苦，身心备受煎熬，读来令人肝肠寸断。

文姬与左贤王生两子。母性大爱，文姬苟且偷生、忍辱含垢，把全部的爱倾注于两子身上，“鞠之育之”“悯之念之”。

东风习习，吹来了汉匈修好的暖风，双方罢兵，两国交欢。汉朝使臣突然驾到，用重金赎回文姬。文姬幸逢圣君，喜出望外。但是，要与两个稚子作生离死别，文姬又陷入去留两难的深深痛苦中，忧虑胡儿日后将失去温暖的阳光，不忍心弃子而去，“抚抱胡儿兮泣下沾衣”。文姬走向汉朝派来迎接的骠壮的四马大车，面对胡儿的号啕大哭，她“一步一远”，难以移步，令观者唏嘘不已。马车载着文姬渐渐走远，胡儿“影绝”，文姬“魂消”，留下了遗爱。十三拍音乐“弦急调悲”“肝肠搅刺”，写出了文姬重返故乡而又不忍骨肉分离的极端矛盾的痛苦心情，极尽缠绵，感人肺腑。

重入长安，还乡的喜悦被骨肉分离之痛所淹没，文姬旧怨平复新怨长，子西母东，天各一方，像日月一般徒然相望。文姬思儿心切，终日“涕泪交垂”，只能“更深夜阑”时在梦中与胡儿见面，思念之情如东流河水日夜奔腾不息。文姬郁积了浩然怨气，“泣血仰头”，冲天发问：“胡为生兮独罹此殃！”（为什么独独生我到这个世界来遭殃！）十八拍曲终，文姬把一腔怨气泼向长空，呼应了开篇的两句：“天不仁兮降乱离，地不仁兮使我逢此时”（先秦老子《道德经》：“天地不仁，以万物为刍狗。”），她不停地向苍天发问：“为天有眼兮何不见我独漂流？为地有灵兮何事处我天南海北头？我不负天兮天何配我殊匹？我不负神兮神何殛我越荒州？”“苦我怨气兮浩于长空”。读罢长诗，义愤填膺，沉哀入骨，令人一掬同情之泪。

文姬归汉后，又遇到一次大劫。文姬嫁给董祀后第二年，董祀犯了谋反死罪，文姬在严冬的寒夜里衣冠不整，披头散发，赤足奔到曹操的丞相府求情，这是以死相逼的态势。曹操感念与蔡邕的故旧交情以及文姬的悲惨身世，想到若处死董祀，文姬必经不起命运的再一次打击。赎回文姬却让她赴死，有悖于初衷，遂发快马追回了董祀。从此，文姬和董祀归隐山林，过着惨淡而相对平和的余生，创作出了传世杰作。

《胡笳十八拍》是楚辞、骚体诗、叙事诗，它真实而生动地描绘了诗人在汉末大动乱中的悲惨遭遇，具有史诗般的恢宏和悲剧的色彩。蔡文姬生逢乱世，早年家门不幸，再加上自己一生三嫁，其命运甚为坎坷。也许苦难是产生伟大艺术作品的源泉，正是这些旁人不曾有过的经历，使蔡文姬给后人留下了传世杰作。诗人运用长诗的艺术手法，写出了自己一生的不幸遭遇，叙事真切、抒情婉转、心理刻画细腻，读来使人声泪俱下、椎心泣血、荡气回肠，具有强烈的艺术感染力，令人感怀诗人的痛楚、同情诗人的悲怨、哀叹诗人的遭遇，为诗人的命运唏嘘不已。同时，它也是汉末社会动乱、外族入侵和人民生活苦难的真实写照，是受难者对悲剧制造者（枭雄）的血泪控诉。

“文姬归汉”的故事在历朝历代被广为传颂，产生了很多书画作品，并被改编成各种戏曲、影视作品。《胡笳十八拍》开创了叙事诗的先河，在文学上对后世影响深远，涌现了陆游等一批诗人的叙事长诗大作。

附：《胡笳十八拍》

我生之初尚无为，我生之后汉祚衰。
天不仁兮降乱离，地不仁兮使我逢此时。
干戈日寻兮道路危，民卒流亡兮共哀悲。
烟尘蔽野兮胡虏盛，至意乖兮节义亏。
对殊俗兮非我宜，遭污辱兮当告谁。
笳一会兮琴一拍，心愤怨兮无人知。

戎羯逼我兮为室家，将我远行兮向天涯。
云山万重兮归路遐，疾风千里兮扬尘沙。
人多猛暴兮如虺蛇，控弦披甲兮为骄奢。
两拍张弦兮弦欲绝，志摧心折兮自悲嗟。

越汉国兮入胡城，亡生失家兮不如无生。
毡裘为裳兮骨肉震惊，羯膻为味兮枉遏我情。
鞞鼓喧兮从夜达明，朔风浩浩兮暗塞营。
感今伤昔兮三拍成，衔悲蓄恨兮何时平。

无日无夜兮不思我乡土，禀气含生兮莫过我最苦。
天灾国乱兮人无主，唯我薄命兮没戎虏。
殊俗心异兮身难处，嗜欲不同兮谁可与语?
寻思涉历兮多艰阻，四拍成兮益凄楚。

雁南征兮欲寄边声，雁北归兮为得汉音。
雁高飞兮邈难寻，空断肠兮思愔愔。
攒眉向月兮抚雅琴，五拍泠泠兮意转深。

冰霜凛凛兮身苦寒，饥对肉酪兮不能餐。
夜闻陇水兮声呜咽，朝见长城兮路杳漫。
追思往日兮行李难，六拍悲来兮欲罢弹。

日暮风悲兮边声四起，不知愁心兮说向谁是。
原野萧条兮烽戍万里，俗贱老弱兮少壮为美。
逐有水草兮安家葺垒，牛羊满野兮聚如蜂蚁。
草尽水竭兮牛羊皆徙，七拍流恨兮恶居于此。

为天有眼兮何为使我独飘流，为地有灵兮何事处我天南海北头？
我不负天兮天何配我殊匹，我不负神兮神何殛我越荒州？
制兹八拍兮拟排忧，何知曲成兮心转愁。

天无涯兮地无边，我心愁兮亦复然。
人生倏忽兮如白驹之过隙，然不得欢乐兮当我之盛年。
怨兮欲问天，天苍苍兮上无缘。
举头仰望兮空云烟，九拍怀情兮谁与传。

城头烽火不曾灭，疆场征战何时歇。
杀气朝朝冲塞门，胡风夜夜吹边月。
故乡隔兮音尘绝，哭无声兮气将咽。
一生辛苦缘离别，十拍悲深兮泪成血。

我非贪生而恶死，不能捐身兮心有以。
生仍冀得兮归乡里，死当埋骨兮长已矣。
日居月诸兮在戎垒，胡人宠我兮有二子。
鞠之育之兮不羞耻，悯之念之兮生长边鄙。
十有一拍兮因兹起，哀响缠绵兮彻心髓。

东风应律兮暖气多，知是汉家天子兮布阳和。
羌胡舞蹈兮共讴歌，两国交欢兮罢兵戈。
忽逢汉使兮称近诏，遣千金兮赎妾身。
喜得生还兮逢圣君，嗟彼稚子兮会无因。
十有二拍兮哀乐均，去住两情兮难具陈。

不谓残生兮却得旋归，抚抱胡儿兮泪下沾衣。
汉使迎我兮四牡骓骓，悲号失声兮谁得知？
与我生死兮逢此时，愁为子兮日无光辉，焉得羽翼兮将汝归？
一步一远兮足难移，魂销影兮恩爱遗。
十有三拍兮弦急调悲，肝肠搅刺兮人莫我知。

身归国兮儿莫之随，心悬悬兮长如饥。
四时万物兮有盛衰，唯我愁苦兮不暂移。
山高地宽兮见汝无期，更深夜阑兮梦汝来斯。
梦中执手兮一喜一悲，觉后痛吾心兮无休歇时。
十有四拍兮涕泪交垂，河水东流兮心自思。

十五拍兮节调促，气填胸兮谁识曲。
处穷庐兮偶殊俗，欲得归来兮天从欲。
再归汉国兮欢心足，心有怀兮愁转深。
日月无私兮不照临，母子分离兮意难忍。
同天隔越兮如商参，生死不相知兮何处寻？

十六拍兮思茫茫，我与儿兮各一方。
日东月西兮徒相望，不得相随兮空断肠。
对萱草兮忧不忘，弹鸣琴兮情何伤！
今别子兮归故乡，旧怨重兮新怨长。
泣血仰头兮诉苍苍，胡为生兮独罹此殃？

十七拍兮心鼻酸，关山修阻兮行路难。
去时怀土兮心无绪，来时别儿兮思漫漫。
塞上黄蒿兮枝枯叶乾，沙场白骨兮刀痕箭瘢。
风霜凛凛兮春夏寒，人马饥虺兮筋力单。
岂知重得兮入长安，叹息欲绝兮泪阑干。

胡笳本自出胡中，缘琴翻出音律同。
十八拍兮曲虽终，响有余兮思无穷。
是知丝竹兮皆造化之功，哀乐各随人心兮有变则通。
胡与汉兮异域殊风，天与地隔兮子西母东。
苦我怨气兮浩于长空，六合虽广兮受之应不容。

53.【青玉案】惜别

送行空落[①]无辞遣[②]，
月清[③]照，人羁绊。
陌笼愁烟迷柳岸[④]，
迟迟[⑤]玉步，重重心款[⑥]，
目渐芳尘远。

窗扉难启殊途散，
一别天涯梦魂断。
征罢归鸿翎羽乱，
痂痕刻痛，鬓华透倦，
相顾桑榆晚。

〖注释〗

①空落：指心神空荡、失落。

②遣：派遣。遣词造句。

③清：清冷，清寂。

④柳岸："柳"与"留"谐音，在中国古代文学中常用来表达送别场景。

⑤迟迟：依依不舍。清代陈梦雷 《西郊杂咏》之十一："回首意迟迟"。

⑥心款：心事。

〖青玉案〗

词牌名。《青玉案》调篇幅精悍短小，其情质朴独特，适合秦楼楚馆里的唱词，表达缠绵悱恻的感情。宋代辛弃疾《青玉案·东风夜放花千树》有名句："众里寻他千百度，蓦然回首，那人却在，灯火阑珊处。"

〖宫调〗

夹钟商，俗称双调。双调健捷激袅。词作题材有忧国忧民、怀才不遇、闺情别怨、怀人思归等。格调缠绵哀怨、凄壮激愤。

〖格律〗

1. 遣、绊、岸、款、远、散、断、乱、倦、晚：押仄韵。

2. "迟迟玉步，重重心款""痂痕刻痛，鬓华透倦"：对仗。

"月清照，人羁绊"：可对仗。

3. 空落、月清照、人羁绊、陌笼、迷柳岸、玉步（前置迟迟）、心款（前置重重）、目渐、芳尘远、难启、一别、梦魂断、征罢、翎羽乱、痂痕（后置刻痛）、鬓华（后置透倦）、相顾、桑榆晚：虚词位。

54.【永遇乐】寄友

友人默然而发观海照，上网比对乃大连湾。潮有涨落，人有起伏，感慨戎马一生、寄语友人而题照。

猎猎征袍，锵锵[①]寒剑，骁骏腾跃。
截道横津[②]，纵南逐北，卅载烽烟灼。
铁围困兽，沙场伏虎，壮气吞雷吐雹。
啸英豪、功名何顾[③]，丈夫许国冲锷[④]。

潮来潮去，云聚云散，倏尔[⑤]漂沦荣落。
怆郁纠怀，涕零垂憾，长夜孤灯烁。
幽居室闷，海天旷放，但眺远帆霞鹤。
港湾[⑥]静、君当弄笛，疲舟且泊。

〔注释〕

①锵锵（qiāng）：金属撞击声。铿锵有力。

②截道横津：截断道路，横截水路。

③功名何顾：不顾念功名（主人翁功名赫赫，但不是为了功名）。

④冲锷（è）：冲锋。锷：刀剑的锋刃。

⑤倏（shū）尔：一会儿。

⑥港湾：大连湾。

〔永遇乐〕

词牌名。清代毛先舒《填词名解》云：“唐杜秘书工小词。邻家有小女名酥香，凡才人歌曲悉能吟讽，尤喜杜词。遂成逾墙之好。后为仆所诉，杜竟流河朔。临行，述《永遇乐》词诀别。女持纸三唱而死。第未知此调创自杜与否？” 杜秘书，指诗人杜牧。至北宋柳永创调，宋人用此调者颇众，风格既可豪放，亦可婉约。宋代辛弃疾《永遇乐·京口北固亭怀古》有名句：“想当年，金戈铁马，气吞万里如虎。”

〔宫调〕

1. 正格林钟商，俗称歇指调。歇指调急并虚歇。多为仄韵格。词作题材有言志、怀古、写景、抒情、议论、赠酬、祝颂、咏物等。格调慷慨豪壮。

2. 变格无射商，俗称越调。越调淘写冷笑。多为仄韵格。格调缠绵沉重、沉痛悲壮。忧乐均宜，多作激越凄壮之音。

3. 变格夹钟宫，俗称中吕宫。中吕宫高下闪赚。多为平韵格。格调婉转优雅、缠绵悱恻。

拙作为越调。

〔格律〕

1. 跃、灼、雹、锷、落、烁、鹤、泊：押仄韵。

2. 四字对句多为对仗。可在对仗的词性组合上设法区别。

3. 啸英豪、港湾静：领格字。

4. 猎猎、锵锵、腾跃、横津、逐北、卅载、烽烟灼、困兽、伏虎、壮气、吐雹、何顾、丈夫（后置许国）、冲锷、潮去（分拆来去）、云散（分拆聚散）、倏尔、漂沦、荣落、纠怀、垂憾、长夜、孤灯烁、窒闷、旷放、但眺、弄笛、且泊：虚词位。

丁酉年夏日作于杭州西湖

55.【行香子】抒怀

芳草茵茵，烟泽霏霏，
覆①荒滩、石乱荆迷。
奔林流涧，跌水翻漪，
更波摇岸，鹭摇雪，柳摇丝。

钓台放眼，沙汀抱膝②，
旷空明、游意③神驰。
尘嚣不度，松竹屏围，
对月中幽，孤中静，醉中诗。

〔注释〕

①覆：覆盖。

②抱膝：抱膝而坐。有所思貌。

③游意：游动的思绪。

〔后记〕

江湾城湿地三咏其一。江湾城湿地，上海市内最后一块大型湿地，山水相依，河网纵横，野趣盎然，作者写诗经常前往构思。

〔行香子〕

词牌名。从南北朝开始，朝廷即举办“行香”法会。宋代程大昌《演繁露》：“行香即释教之谓行道烧香也。” 调名本意即以小曲的形式歌咏拜佛仪式中的绕行上香。本词牌音节流美，特别是上下阕结尾含有一两个叠字的三个排比句法的句子，使意象递进，音节响亮，具连贯回环、流畅奔放、层层推进之艺术效果。宋代苏轼《行香子·述怀》有名句：“对一张琴，一壶酒，一溪云。”

〔宫调〕

1. 正格夹钟宫，俗称中吕宫。中吕宫高下闪赚。词作题材有咏物、言情、写景、酬赠、感慨、嘲讽、轻快之情意，也有感叹人生、感悟哲理等。格调婉转优雅、缠绵悱恻。

2. 变格夹钟商，俗称双调。双调健捷激袅。格调缠绵哀怨、凄壮激愤。

拙作为中吕宫。

〔格律〕

1. 霏、迷、漪、丝、驰、围、诗：七平韵。

2. 四个对句宜对仗。词性组合避雷同。

3. 覆荒滩、更、旷空明、对：领格字。

4. 芳草（后置茵茵）、烟泽（后置霏霏）、石乱、流涧、翻漪、放眼、抱膝、游意、不度、屏围：虚词位。

5. 上下阕两个结句是一个领字领三个排比句，每个排比句中含一、二个叠字，构词法相同，但是要避免两个结句构词法雷同。

芳草茵茵

烟泽霏霏

覆荒滩、石乱荆迷

奔林流涧

跌水翻漪

波摇岸

鹭摇雪

柳摇丝

钓台放眼

沙汀抱膝

旷空明

游意神驰

尘嚣不度

松竹屏围

月中幽

孤中静

醉中诗

56.【七绝】甘霖

一梭霹雳炸当空，崩闸天池泻疾洪。
浇灭火炉三十日，苍生苦夏暂清风。

57.【骈赋】匠木者赋

夫木匠者，集豪胆宏识之最：长于机兮敏于理[①]，矫乎手兮灵乎心。砍劈锤铲，其状土崩坝溃；雕琢扦锉，其态脉敛气沉。弓虎背熊腰，提锯蹂杀；蓄鲲势鹏力，推刨啸吟[②]。锯屑纷扬，喷溅弥散者舒畅也；刨花漫卷，驰驱通彻者酣淋也。

锯有锯之经要，刨藏刨之韬略。锯之经宜缓拉而痛杀，其杀兮堪裂月之忾[③]；刨之韬且徐收而愤推，其推兮比撑霆[④]之搏。而乃榫卯之苛[⑤]，尤恃禀赋颖脱[⑥]；发刃[⑦]之艰，不禁凝语涕落矣……苦寒蕴梅香，砥砺出锋锷。华年铸剑，练就鬼斧神工；皓首省道，修得冰魂雪魄[⑧]。

周用之材取其直：上胜任以栋梁擎柱，下败颓至栅栏樵薪。匠研之法贵在端：端者正也，傲傲乎犹霜松兮虬劲苍健；正者刚也，佼佼然似翠竹兮奋拔挺伸。精微细丝，起塔楼旷岁不倾；英风大仪，走江湖古德不泯[⑨]。匠奉[⑩]匠之诚，士葆士之节，则君子焉跻高格之伦欤[⑪]？答曰：男儿自强，耸立乾坤之间；信义昭彰，超迹蝇狗之尘[⑫]。

严父师承戚家[⑬]，禀受[⑭]卓众异能；兄弟徒袭幼蒙[⑮]，预备谋生凭倚。兄尚刨，吾善锯，双龙逞雄显乡鄙[16]。刨板拼缝，对板锁阳[17]，弗透光而表功；锯枋剖条，持枋[18]乜眼[19]，齐顺线而讨喜[20]。曾念[21]雨巷蓑衣而锯，三丈圆柏豁然纵开，旁观壮汉驻足片刻，抢步趋前而揭吾笠，惊叹："乃孺仔耶！"昔者吾八龄童耳。

际乖遇舛[22]，资本之尾当割；术懈务怠，小农之私[23]须剜[24]。改弦更张，奢淫接柄[25]春梦；披坚执锐[26]，逐波造反兵团。艺途中辍，行百里者半九十[27]兮告废；鸿抱空酬[28]，纴寸匹绢断毫缕[29]兮谓残。呜呼！怅兮国乱，吾所辜者青云坠志[30]，二世之传止于凡辈；衰兮祚短，吾所负者良才不器[31]，博学之求毁于狂澜。

恍兮惚兮[32]，天命催迫[33]。清暇渐裕[34]兮技痒难耐，惦之焦之兮寤寐[35]困厄。吾决尔费千金贾[36]地库，环壁叠架而横隔。构筑墩固之作台[37]，霸凌于轩堂，巍巍焉盘桩[38]兮如钟鼎镬釜[39]；崭露囊裹之什具[40]，平铺于内层，惶惶然列阵兮赛枪戈矛戟。夙愿遂达，苟贪进退便利[41]；左右腾挪，独享挥洒宽适。

潜隐地库兮，茶饭俱抛；痴迷创制兮，宠辱皆忘。柴扉[42]凋红零丁，怎缺托垫[43]增色？陋室典籍丰殷，岂奈橱箧[44]爆仓？乃重拾旧业，磨刀霍霍，稍施拳脚，夺筋挑骨突之几座两弄[45]；复冥索旬日[46]，运筹帷幄，勇展武威，擒珠联璧合之书匮[47]一方。捷讯频频，群友叩访踵踵[48]；悦眉沾沾，茅庐欣笑洋洋。

虽若老朽驽钝[49]，操习荒疏，忝幸班祖门墙[50]，僭名[51]过誉也；但遵昌黎[52]勤勉，裨补[53]浅拙，附庸陶令南山[54]，追范聚类[55]也。彼钓翁钓鱼否？非也，所钓者闲情也；此匠人匠慧乎？然也，其匠者禅意也。守静吾库，可扫浮虚，灭妄想，启遐算[56]，营巧思。逍而遥之兮，曲尽其妙；言而竭之兮，莫全别魅[57]。鼓荡隆胸者，盖乃洪韵焉；吐化成章者，是为颂记也。快哉！

（平水八韵：心落尘鄙，残戟方思。）

〔说明〕

1. 不计标点，凡 835 字。

2. 除文言虚词、助词、排比句重字、叠字、叠词之外，段内无重字、无重音。

3. 文内重字：锯 8，刨 7，匠 7，吾 7，推 3，杀 3，库 3，钓 3，经 2，韬 2，端 2，正 2，士 2，兄 2，板 2，枋 2，地 2，共 59 字。

4. 避出韵、重韵、犯韵、连韵、凑韵、倒韵，韵脚前一字避挤韵（词林正韵的同一个部），对仗避合掌。

〔注释〕

①机……理：这里指木材、木工、架构等内在机理。

②啸吟：这里指刨木声。

③忾（kài）：愤怒。同仇敌忾。

④裂月……撑霆：撑霆裂月，成语，形容声气惊人。

⑤苛：严苛。

⑥尤恃禀赋颖脱：尤其凭仗天赋和超脱的才华。

⑦发刃：开锋，磨刀。这里指磨刨刀。

⑧冰魂雪魄：比喻人的品质高尚纯洁。

⑨走江湖古德不泯：古时木匠四处漂泊，寻找营生，但有一技在身，是受到尊重的职业，不会泯灭古来尚德精神，唯唯诺诺。

⑩奉：尊奉。

⑪则君子焉跻高格之伦欤：然则君子怎样跻身于高尚品格之列呢？

⑫超迹蝇狗之尘：超脱蝇营狗苟之尘迹。

⑬戚家：母系家族。父系曰宗，母系曰戚。

⑭禀受：受于自然的品性或资质。

⑮徒袭幼蒙：孩提时代就做学徒承袭。

⑯显乡鄙：显赫于乡间。

⑰对板锁阳：把两块刨好的木板对在一起向着（锁住）太阳观察。

⑱枋（fāng）：方形木条。

⑲乜（miē）眼：眯着眼睛斜视。

⑳讨喜：讨人欢喜。

㉑曾念：曾记得。

㉒际乖遇舛（chuǎn）：际遇不顺，背运。时乖运舛。

㉓资本之尾……小农之私：家庭作坊，当时属于资本主义尾巴和小农经济的私心杂念，不被允许，必须割除和挖掉。

㉔剜（wān）：用刀子挖。

㉕接柄：接班。柄：权柄。

㉖披坚执锐：穿上铠甲，拿起武器。

㉗行百里者半九十：一百里的路，走了九十里才算是一半。此言末路之难也。

㉘鸿抱空酬：壮志未酬。抱：抱负。

㉙纴（rèn）寸匹绢断毫缕：纺织绢帛，从一寸积到一匹不容易，断了丝毫就不能成布。典故出自成语“断织之诫”，孟子的母亲割断织布机上的纱线，来告诫中途放弃学业的儿子。后用以告诫中途辍学的人。

㉚青云坠志：青云之志坠落。

㉛不器：不成器，没出息。

㉜恍兮惚兮：糊里糊涂，恍惚之间。

㉝天命催迫：五十而知天命，感到生命紧迫。

㉞清暇渐裕：清静的闲暇日渐丰裕。

㉟寤寐（wù mèi）困厄：日夜困窘。

㊱贾（gǔ）：买入。

㊲墩固之作台：像树墩一样稳固的操作台（木工操作台，承受巨大冲力，需要坚实稳固）。

㊳盘桩：武术术语，形意六合拳之盘桩法，练就落地生根之稳健桩腿。

㊴钟鼎镬（huò）釜：大钟和带腿的大型烹饪青铜器。

㊵崭露囊裹之什具：取出包裹着的各种工具。

㊶苟贪进退便利：苟且贪求出入方便（地下室就在楼下）。

㊷柴扉：柴门，自谦为贫寒人家。

㊸托垫：花盆的托垫。这里指花架。

㊹橱箧（qiè）：书橱和书箱。

㊺夺筋挑骨突之几座两弄：做了瘦梅形象的花几和简约风格的花座两款。弄：把玩。如梅花三弄。

㊻冥索旬日：冥思苦想十日。

㊼书匮（guì）：书柜。

㊽踵踵（zhǒng）：接踵而至。

㊾驽钝：迟钝。

㊿忝（tiǎn）幸班祖门墙：谦辞，有愧于列为木匠祖师鲁班的门下。

(51)僭（jiàn）名：越分妄称的名号。

(52)昌黎：唐代韩愈，世称“昌黎先生”，其作《进学解》有名句：“业精于勤，荒于嬉。”

(53)裨（bì）补：弥补。

(54)附庸陶令南山：附庸陶渊明县令“采菊东篱下，悠然见南山”之风雅。

(55)追范聚类：追其风范，聚其群类。

(56)遐算：深谋远虑；高明之谋略。

(57)言而竭之兮，莫全别魅：说不尽的别样魅力。

〖赋〗

赋是我国古代的一种有韵文体，介于诗和散文之间，类似于后世的散文诗。它讲求文采、韵律，兼具诗歌和散文的性质。汉代正式确立了赋的体例，称为“汉赋”；魏晋以后，日益向骈对方向发展，叫作“骈赋”；唐代又由骈体转入律体叫“律赋”；宋代以散文形式写赋，称为“文赋”。

汉赋，又称辞赋，由楚辞骚体衍化而来，规模巨大，结构恢宏，气势磅礴，往往是成千上万言的鸿篇巨制，后期由大赋转为小赋。汉赋喜堆砌辞藻，文采华丽，穷极声貌，好用难字，极尽铺陈排比之能事。其句式受屈原《九章》和《天问》的影响，以四言和散句的结合为主，多采用问答体，格律上韵散夹杂。司马相如、扬雄、班固、张衡四人被后世誉为汉赋四大家。

骈赋，又称骈俪、俳赋，是魏晋南北朝名士辈出时代最为壮丽的文学奇葩。骈（pián），双马并驾，即对偶的意思。骈文的特点是通篇基本对仗，骈四俪六，两句成联，犹如一副副对联串缀成文。较之唐代律赋，其四六未严，平仄随意（韵脚除外），句式灵活，但通篇押韵，多用虚词，讲究一定声律。其炼词铸句，行文流畅，崇骈偶、工对句、好融典，若金杯碰玉盏，锵然可唱。代表作有：三国曹植《洛神赋》、南北朝庾信《哀江南赋》、东晋陶渊明《归去来兮辞》等。

律赋为唐宋科举试体，指定文章命题立意，句式规定四六句，韵脚限定四言两句八韵，平仄有严格要求，严律而求工，甚于俳骈，程式拘泥几近乎游戏也。故此，文学艺术价值不高，传世名篇不多。

文赋是中唐以后产生的一种散文化的赋体，不刻意追求对偶、声律、词采、典故，句式错落多变，押韵较自由。文赋实际上是对赋体限制过严的一种解放，不拘骈偶，以散代骈，韵亦宽便，句参差若琼树翠枝，绚璨瑰丽，雄奇伟岸，纵横千里而驰骋云外，推赋于极致，终蔚为大观矣。唐代杜牧《阿房宫赋》、宋代欧阳修《秋声赋》、宋代苏轼《前赤壁赋》等，为文赋之典也。

（以上根据网文摘编整理）

地库

惶惶然列阵兮赛枪戈矛戟

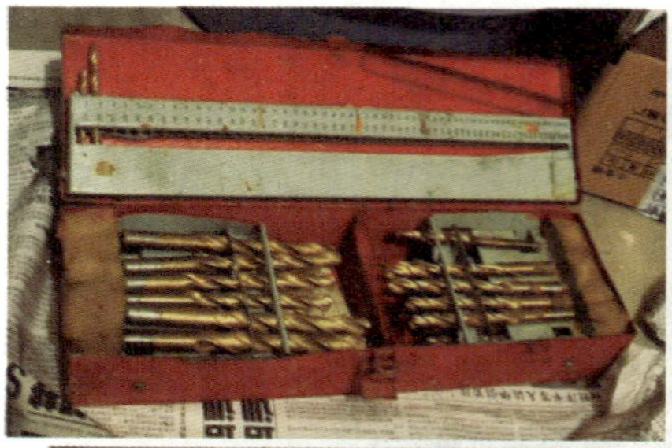

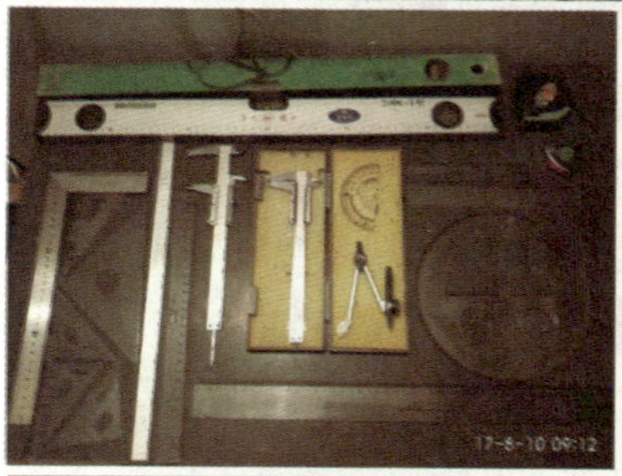
17-8-10 09:12

17-8-10 08:02

17-8-10 08:36

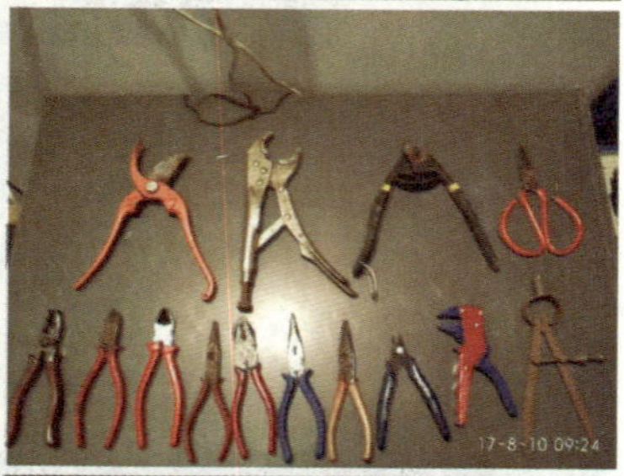
17-8-10 09:24

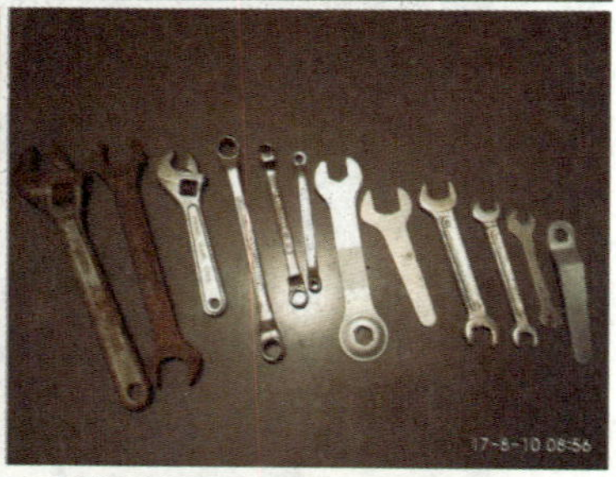
17-8-10 08:56

17-8-10 10:54

矫枉过正

自制书柜（右）

花架两弄

修微波炉

58.【喝火令】怀昔

春游新江湾城湿地，蒹葭苍苍，碧水潺潺，大地复苏，万物茁萌新芽。窈窕淑女，独坐寒汀，把卷诵读，忽凝思，忽放眼，鸥鹭闲栖于岸，与共倒映于春水，乃一亮丽风景线。此后数迹，每念汀洲，尝寻之幽深而无踪，却于晚秋月夜隐见苦索之汀湾掩没于杂草蔓盛中，意阑而赋之。

放意驰游思[①]，凝神赋雅娴。
旷如汀[②]上点红丹[③]。
春浦岸栖轻羽，浮映茁新[④]湾。

懈柳[⑤]垂塘静，昏蛩泣露寒[⑥]。
夜风乏力月阑珊。
更见秋雕，更见泽迷烟，
更见水壅芜草，掩没旧时滩[⑦]。

〖注释〗

①放意驰游思：纵情神驰游动的思绪。

②旷如汀（tīng）：开阔的水边小洲。

③红丹：一种颜料。这里指红衣少女。

④茁新：茁萌新芽。

⑤懈柳：倦柳。懈：懈怠。

⑥昏蛩（qióng）泣露寒：蟋蟀活不过深秋，死前有气无力地昏鸣，悲泣秋露，鸣出阵阵寒意。

⑦汀、湾、滩：在本词都是同一处地方。

〔后记〕

江湾城湿地三咏其二。

〔喝火令〕

词牌名。北宋黄庭坚创调，别无名家续写。喝火：安徽庐江传说，南唐伍乔为追求心仪女子，按照女子的要求喝下带火的烧酒，成就终身良缘。令：唐宋杂曲的一种体制。它源自酒令，多以流行小曲充之。调名本意即以令曲的形式歌咏喝下带火烧酒以求偶的风情逸事。

【喝火令】宋·黄庭坚

见晚情如旧，交疏分已深。
舞时歌处动人心。
烟水数年魂梦，无处可追寻。

昨夜灯前见，重题汉上襟。
便愁云雨又难禁。
晓也星稀，晓也月西沈，
晓也雁行低度，不会寄芳音。

〔宫调〕

无记载。

〔格律〕

1. 娴、丹、湾、寒、珊、烟、滩：押平韵。

2. 放意驰游思，凝神赋雅娴：对仗。

懈柳垂塘静，昏蛩泣露寒：对仗。

3. 放意、凝神、旷如、汀上、点红丹、春浦（后置岸栖）、浮映、懈柳、昏蛩、夜风（后置乏力）、月阑珊、更见、芜草（前置水壅）、掩没：虚词位。

〔技法讨论〕

喝火令，北宋黄庭坚首制，之后再无名家续写，成为孤例，所以平仄一字不可易，格律最严谨，被网上诗友冠为最难写的词牌，里面藏有不少机巧。众诗友不断破解，整理如下：

喝火令，调在商徵羽之间。

喝火令玩的是手法运用的熟练程度。

喝火令最宜写蒙太奇镜头，不宜写实。喝火令是需要跳跃的，忌平铺直叙、顺风顺水。

喝火令最宜生动斯振，最宜美轮美奂。

喝火令以言他物而引起所咏之词，情由景生，景在情中，需要羞怯与婉约，“犹抱琵琶半遮面”，而不能直抒胸臆。

喝火令的技法归纳为：两仗三枪一破一衬一应。具体说来：

两仗：有两个对仗句。

一破三枪：一句摊破成三叠句，三叠句要求有层层递进的关系，正递和反递都行（摊破：摊薄破拆）。

一破：有一个摊破原句（星月雁行低度）。

三枪：有三个摊破叠句（晓也星稀，晓也月西沈，晓也雁行低度。摊破的首字必须是名词）。

一衬一应：有两句是衬应关系（句法不一定要求对仗）。

一衬：烟水数年魂梦，无处可追寻。

一应：星月雁行低度，不会寄芳音。

〖实战心得〗

1. 格调在抑郁凄婉、悲伤婉转、凄怆怨慕之间。把握感情层次在郁、凄之间，风格在婉、丽。因此不能写到泪。

2. 谋篇布局：上下阕要有一个时间跨度，上喜下悲，形成反差。

3. 表现手法：以景生情，以情动人。所爱所恨不能直接表露，要通过上下阕景色、情境的强烈反差，让读者自己去领会。

4. 遣词造句：多使用虚词，多使用倒装句有灵动感，如拙作“岸栖轻羽”“水壅芜草”。

5. 高潮放在三叠句上。

6. 难点在摊破，所以先做三叠句，自然来了 6 字摊破原句，再根据摊破原句倒推衬句。

7. 如果严格按照标准体填词，摊破的三叠首字是名词。

8. 衬应句可以对仗。如选择对仗，那么衬句也必须三连名。

9. 怎样做到层层递进？次序不能搞乱，先外围后中间再核心，反之亦然。而且三叠要紧扣一个中心思想，本词三叠的中心思想就是凋衰的秋景。

10. 末句才轮到点题，不要过早暴露。

春游旷如汀

难觅旧时滩

59.【骈赋】秋野赋

徙居江湾新城[1]，河网纵横，湖沼密布，巡赏年余亦难竟其灏博[2]。每沿涉[3]濒畔[4]辄怡然养性，每踏足旷原犹超然归田，叵奈辞涌藻翻[5]，是以赋曰：

蓄大江之洪荒兮，暗滩沙积浮瀛洲[6]；崛东溟之沧桑兮，扈渎[7]陆起扩春申。震泽[8]汎湍[9]奔突汹汹，吴淞古江[10]暴溃频频。泾浜[11]滥溢，如虬龙蟠屈潜蛰，虬江[12]之称故也；棘蔓滋塞，淤湾涂错杂迤回，江湾[13]所谓因也。江湾肇兴于廿纪之末，广厦参差，排虚摩云耶其端[14]；璇宫[15]矗秀于瑶池之邃，离岛疏列，藏洞隐道耶其滨。

晨曦初启，五色更渲[16]；混沌渐舒，四遐廓辟[17]。晓阳喷虹霓，青冥悬朵絮；辽野荟繁英，崇岭凝寒碧[18]。金风驰驰，万类葱郁欣荣；岳麓飒飒，森罗层沓连绎[19]。纤柳娑娑以飙[20]，修筠节节以拔[21]；铁杉铮铮以倨[22]，魁桐卓卓以硕。燕亭照水弄俏姿，飞阁耸霄振劲翮[23]。楚台[24]缠绵，坠情鹣鲽[25]怎禁欢？廊榭挥洒[26]，无边蔚观焉裁画[27]？橘黄柚绿，珍品累累裹桠；桃熟柿烂，蜜汁滴滴淌珀[28]。覆荫胡斑驳？障眼久逼窒；藤蔡胡纷扰？失途屡阻扼。危架凛凛乎拱壑，独木颤颤乎跨堑；断崖决决乎崩岸，险坡轰轰乎滚石。

移屐浔溪[29]，渌水滃泱[30]。蓝桥卧漪，钓栈凌空以为掠爽；泳者逞威，游鹜[31]散魄以致窜惶。汉港支缭[32]，漂屿莺啼鹤唳；翡翠笼罩，净界瑰嵌璧镶。飔皱[33]澹澹[34]兮，烟泊潢潢[35]兮。欲溯其源，其源杳淼甚扑朔[36]；欲逐其终，其终盘洄皆殊常[37]。虬螭[38]匿首，林开而豁然透现；蛟蚗[39][40]甩尾，莽锁又悄然泯亡[41]。

不期豆雨骤降，沥琼点玑；续接甘霖慷慨，倾珠劈玦。沟壕聚则汇涓，库塘沛则泛堤；湟淀溢则没渚[42]，川漕宽则逃缺[43]。羹汤噗噗兮鼎沸[44]，狂澜漭漭兮骜桀[45]。已而[46]鲜霁[47]冉冉，白纱[48]氤氲涳濛；须臾晴波潋潋，水天滉朗[49]通澈。蘅芷[50]濯垢[51]，芙蕖[52]娇身出浴；菊莎[53]生津，桂子醇馨[54]吐烈[55]。茅颖[56]勃勃许[57]挺，荭穗[58]簇簇许嫣；芦苏[59]荡荡许柔，荻茸[60]瑟瑟许惙[61]。

趋声换景，遥闻梵磬[62]袭音，丝竹和鸣兮；探委[63]追影，但见轻羽拍雪，鸥鹭齐翩兮。缥缈彼方隔世者，玲珑兰汀沐涟矣。枯水抬磊[64]，略而[65]贾勇[66]张臂；迅步摆翼，倏而[67]腾达登仙。悠庭围谧[68]，锦鳞偷闲稍戏；滂涯罔际[69]，栖鸟惊乍举迁[70]。嗟夫！处兹汀也[71]，物我两忘耳忽焉。且慢踱乃复徘徊，随歇坐乃似驾鹏[72]；待立飙乃堪扬袂[73]，合[74]求索乃敢问天。

未几薄暝[75]，彤日垂垂挂杪[76]；绮雯[77]炫晚，盛幕堂堂迭次[78]。迸火溅浆，巨釜炀炀灼耀；衍煌射芒，熔炉烘烘煽炽。焚硝燃廷[79]，穹宇烨烨炳辉；燎焰冲霄[80]，造像栩栩玄秘[81]。苍狗[82]竞巧，长裾飘飘尔流丹[83]；七彩斗璨，霞帔[84]烁烁尔惑魅[85]。鸾凤谐舞，恍惚之间变幻莫测；龙虎相争，转瞬之霎延展怪异。会斯时兮[86]，迷顿可以当梦[87]；幸此遇兮[88]，远望可以当醉。

迨至[89]静宵，魃黑[90]千重。蛇鼠遁穴，龟鳖咸沉而伏底；鹰隼返巢，鸦雀俱宿而灭踪。行者与碎叶破寂，草籁共落果韵淙[91]。俄旋冰轮[92]昭升，玉蟾[92]泻银染峰。湫[93]潭粼粼，晶晖彻鉴[94]毕荧[95]；岗峦皎皎，瑞气富集尤钟[96]。天人交互，意象并溶。畅想于乾坤之瀚兮，灵光激闪；穷思于昏茫之囿[97]兮，星灯驱壅[98]。

赋颂宜上高楼阔，极目磅礴抒豪迈；吟哦[99]便下曲渊渺[100]，羁怀细霏纠忧耿[101]。仁者乐山[102]，而愚[103]唯取[104]秋水之半顷[105]也。盖秋水者，潺潺而纡缓，弭[106]澎湃以防雄浑；湛湛而敞袒[107]，拒彪悍以免鲁猛。漾漾微滟，濡濡[108]洇滑[109]妩顺[110]；脉脉婉羞，恬恬[111]矜庄娴靓[112]。比之[113]佳丽，一泓澄澄去瑕疵；仿佛明眸，双汪滢滢含憧憬。遣兴[114]况味[115]，收绪悟省[116]。解旅愁者，岂止杜康醴酿[117]？劳惫乏者，何必海蜃[119]壶领[120]？润肺腑者，涧庐[121]泉洌茶暖；沁心脾者，松涛梅香月冷。却喧嚣者，柴门枕经席典[122]；洗六尘[123]者，峭谷啜露[124]盥颍[125]。脱凡俗者，孤芳[126]洁操逊秽[127]；皈[128]本真者，江湾胜地化境[129]。呜呼！浪迹八陲[130]，少壮逝岁兮鲲志衰[131]；倦客单舟，朽残退垄[132]兮丰祚[133]永。妙哉！

（平水八韵：濒碧泱澈，仙醉钟永。）

（江湾城湿地三咏其三）

〖说明〗

1. 不计标点，凡 1175 字。

2. 除文言虚词、助词、排比句重字、叠字、叠词之外，段内无重字、无重音。

3. 文内重字：江 7，水 6，湾 5，天 3，虬 3，龙 2，赋 2，汀 2，秋 2，共 32 字。

4. 避出韵、重韵、犯韵、连韵、凑韵、倒韵，韵脚前一字避挤韵（词林正韵的同一个部），对仗避合掌。

〖注释〗

①江湾新城：新江湾城于 2000 年开建于废弃十多年的江湾军用机场，及其周边的原始旷野。由于军事重地人迹罕至，保持了原生态，是上海最后一块大型湿地。

②灏（hào）博：广博。

③沿涉：顺流而行。

④濒畔：岸边。

⑤叵（pǒ）奈辞涌藻翻：不奈辞藻翻涌。

⑥瀛洲：海上仙山。这里指上海成陆之初。

⑦扈渎（hù dú）陆起扩春申：扈渎成陆，春申扩展。扈：一种竹编的捕鱼工具，后演变为上海的简称——沪。渎：入海处的江河。扈渎：公元四五世纪时的晋朝，松江（现名苏州河）下游和滨海一带的古称。春申：上海的别称，源于战国时代楚国春申君黄歇的封邑。

⑧震泽：江苏太湖的古称。其水经古吴淞江东流入海，汛期常泛滥成灾。

⑨汛湍：梅汛期的急流。

⑩吴淞古江：古称吴江或松江，发源于苏州市吴江区，在北新泾的上游现称吴淞江，在北新泾的下游现称苏州河。明代以前，黄浦江是吴淞江（苏州河）的支流。明初时，因吴淞江淤浅严重，户部尚书夏元吉疏浚范家浜（即今黄浦江外白渡桥至复兴岛段），使吴淞江（苏州河）成了黄浦江的支流，故有“黄浦夺淞”之说。

⑪泾浜：泛指众多小河。

⑫虬江：古吴淞江的下游部分，经常淤塞泛滥，退水后坑洼交错杂陈，像虬龙盘曲蛰伏，因而得名。后虬江填河筑路，即为今之虬江路，但在黄浦江的入江口复兴岛的虬江码头附近，还保留了部分可通航的两段断续的河道。

⑬江湾：虬江之湾，是虬江的一大片广阔的泽国荒涂。

⑭端：（大厦的）顶端。

⑮璇宫：仙宫。这里指湖边的复旦大学北校区。

⑯更渲：轮替渲染。

⑰四遐廓辟：四方被开辟变得宽阔。

⑱寒碧：浓密的绿荫。

⑲森罗层沓连绎：茂密的植物层层叠叠连续不断。

⑳飖（yáo）：手动为摇，风吹而飖。

㉑修筠（yún）节节以拔：修竹拔节坚挺。

㉒铁杉铮铮以倨：铁杉如铮铮铁骨般倨傲。

㉓劲翮（hé）：矫健的翅膀。

㉔楚台：先秦宋玉《高唐赋》中描写楚怀王游览高唐地区的巫山（非长江的巫峡巫山），在今湖北云梦县，又称阳台山，梦遇神女，行巫山云雨之阳台。后多指男女欢会之处。

㉕鹣鲽（jiān dié）：比翼鸟和比目鱼。喻相亲相爱的男女。

㉖廊榭挥洒：曲廊水榭，视野开阔，经常有写生者到此泼墨。

㉗无边蔚观焉裁画：无边大观如何裁划取舍。

㉘淌珀：流淌着琥珀。

㉙移屐（jī）浔涘（sì）：移步水边。屐：鞋。

㉚渌（lù）水滃（wěng）泱：清水浩茫。

㉛鹜（wù）：野鸭。

㉜汊港支缭：水流的分支缭乱繁多。

㉝飔（sī）皱：凉风吹起的水波纹。

㉞澹澹（dàn）：水波荡漾的样子。

㉟潢潢（guāng）：大水深且广。

㊱杳淼甚扑朔：渺茫而扑朔迷离。

㊲盘洄皆殊常：盘了一圈又回来，异于常态。这里形容水道复杂。

㊳虬螭：虬龙和螭龙。

㊴虬螭……蛟蚗：这里指众多盘曲在林莽中的河流。

㊵蛟蚗（jué）：蛟龙和蚗龙。

㊶泯亡：泯灭消失。

㊷没渚（zhǔ）：淹没水中小洲。

㊸逃缺：从缺口处夺路而逃。

㊹羹汤噗噗兮鼎沸：雨打水面溅起密集的水珠，犹如锅煮浆汤沸腾一般。

㊺骜桀（àojié）：桀骜不驯。骜：骏马。

㊻已而、须臾（yú）、未几、俄旋：不久。

㊼鲜霁（jì）：清新明朗。霁：雨雪停止转晴。

㊽白纱：白练，白色绢丝。形容烟气缭绕的水雾。

㊾滉（huàng） 朗：形容云开之状。

㊿蘅芷（zhǐ）：杜蘅和白芷。芳香植物，古人佩身，比喻美德或高尚的志向。

51濯（zhuó）垢：洗去污垢。

52芙蕖（qú）：莲花。

53菊莎（suō）：菊花和莎草。

54醇馨：浓香。

55吐烈：扬芳吐烈。芳烈：香气。

56茅颖：茅尖，白茅的锋颖。

57许：像这样、如此。如许。

58荭（hóng）穗：水荭的果穗。

59芦苏：芦苇的花穗，犹如流苏。

60荻茸：荻花纤柔的茸毛。

61惙（chuò）：忧愁。

62梵磬（qìng）：佛寺奏磬之声。这里引申为高洁如天音。

63探委：探究原委。

64枯水抬磊（lěi）：水落石出。

㉟略而：略微。

66贾（gǔ）勇：鼓起勇气。

67倏（shū）而：忽然。

68悠庭围谧：悠闲的庭园围起一方静谧。

69滂（pāng）涯罔（wǎng）际：水面辽阔无际涯。

70举迁：全部迁走。

71处兹汀也：置身此汀。

72随歇坐乃似驾鹏：随意坐在汀洲边上，望着倒映于水中向后飞逝的云彩，犹如驾着大鹏在云中向前奔驰。

73待立飙（biāo）乃堪扬袂：待到立于大风中就可以扬起衣袖。

74合：适合。

75薄（bó）暝：傍晚。

76彤日垂垂挂杪（miǎo）：红日渐渐挂树梢。

77绮（qǐ）雯：美丽的彩云。

78盛幕堂堂迭次：盛大的景象依次上演。

79廷：天廷。

80霭（ǎi）：云霭。

81栩栩玄秘：活泼生动，玄妙神秘。

82苍狗：变幻的白云。

83流丹：流动着红色。形容色彩跃动。

84霞帔（pèi）：披肩。

85惑魅：以魅力迷惑。

86会斯时兮：当值此时。

87迷顿可以当梦，远望可以当醉：短暂迷糊可以代替做梦，远望彩霞可以代替醉酒。

⑧⑧幸此遇兮：幸遇此景。

⑧⑨迨（dài）至：及至，等到。

⑨⓪魆（xū）黑：漆黑。

⑨①行者与碎叶破寂，草籁共落果韵淙（cóng）：行者（我）踩碎枯叶打破寂静，草丛虫鸣声和树上落果声谐韵着淙淙流水声。

⑨②冰轮、玉蟾：月亮。

⑨③湫（qiū）：水池。

⑨④彻鉴：彻照。波平如镜，光可鉴人。

⑨⑤毕荧：完全容光焕发。

⑨⑥钟：汇聚。钟灵毓秀。

⑨⑦囿（yòu）：围，局限。

⑨⑧壅（yōng）：堵塞。

⑨⑨吟哦：吟诗，作诗。

⑩⓪曲渊渺：山回水曲的茫茫深渊。

⑩①羁（jī）怀细霏纠忧耿：萦怀于细雨霏霏，纠结于旅愁烦恼。

⑩②仁者乐（yào）山：仁者喜好山。

⑩③愚：我的谦辞。

⑩④唯取：只要。

⑩⑤顷：100 亩为 1 顷。碧波万顷。

⑩⑥弭：平息。消弭。

⑩⑦敞袒：敞亮袒露。

⑩⑧濡（rú）濡：湿润貌，融洽貌。

⑩⑨洇（yīn）滑：润泽柔滑。

⑪⓪妩（wǔ）顺：妩媚柔顺。

⑪①恬（tián）恬：安静貌。

⑪②矜庄娴靓：矜持娴静。

⑬比之：譬如。

⑭遣兴：抒发情怀，解闷散心。

⑮况味：体验滋味。

⑯收绪悟省：收回思绪而内省开悟。

⑰岂止杜康醴（lǐ）酿：何止杜康佳酿。

⑱劳惫乏者：慰劳疲乏者。

⑲海蜃：海市蜃楼，虚无缥缈。

⑳壶领：传说中的仙山。

㉑涧庐：山涧旁的茅庐。

㉒柴门枕经席典：陋室床上铺满经典。形容以书为伴、酷爱读书。

㉓六尘：佛教语，指色、声、香、味、触、法六境。

㉔啜（chuò）露：饮朝露。晨露洁净，可洗心尘。

㉕盥颍：用颍水盥洗，谓蔑视爵禄名位，风操高洁。见典故“饮牛颍水”“颍水洗耳”。相传尧访贤禅让天下，在河南登封箕山访得许由，尧让其治天下，许由以为是一种羞辱而不肯接受，遁耕于箕山之下。尧又召许由任九州长，正在颍水之滨饮牛的许由认为听到这个任命玷污了自己的耳朵，马上把饮牛喝水的瓢挂在山崖上，冲洗自己的耳朵，以示去其污秽之言，之后逃入深山去了。

㉖孤芳：独秀的香花，常比喻高洁绝俗的品格。

㉗逊秽：远离污秽。

㉘皈（guī）：皈依，佛教的入教仪式。这里指回归。

㉙化境：高而妙的境界。

㉚八陲：八方。陲：边陲。

㉛少壮逝岁兮鲲志衰：青春逝去，鲲鹏之志衰退。

㉜退垄：归田。

㉝丰祚（zuò）：厚福。

江湾肇兴于廿纪之末　　　璇宫矗秀于瑶池之邃

离岛疏列，藏洞隐道耶其滨

金风驰驰，纤柳娑娑以飘

修篠节节以拔

铁杉铮铮以倨

覆荫胡斑驳

藤藜胡纷扰

障眼久逼窒，失途屡阻扼

危架凛凛乎拱壑

独木颤颤乎跨堑

断崖决决乎崩岸

险坡轰轰乎滚石

渌水滃泱

蓝桥卧漪

钓栈凌空以为掠爽

泳者逞威

汉港支缭，漂屿莺啼鹤唳

翡翠笼罩，净界瑰嵌璧镶

虬螭匿首，林开而豁然透现

蛟蚗甩尾，莽锁又悄然泯亡

沥琼点玑，倾珠劈玦

沟壕聚则汇涓

库塘沛则泛堤

湟淀溢则没渚，川漕宽则逃缺

羹汤噗噗兮鼎沸

狂澜漭漭兮骜桀

白纱氤氲涳濛

水天滉朗通澈

芙蕖娇身出浴

芦苏荡荡许柔

荻苇瑟瑟许慑

但见轻羽拍雪，鸥鹭齐翩

倏而腾达登仙

悠庭围谧

滂涯罔际

苍狗竞巧，长裾飘飘尔流丹

七彩斗璨，霞帔烁烁尔惑魅

远望可以当醉

湫潭粼粼

晶晖彻鉴毕荧

岗峦皎皎

瑞气富集尤钟

极目磅礴抒豪迈

羁怀细霏纠忧耿

比之佳丽，一泓澄澄去瑕疵

仿佛明眸，双汪滢滢含憧憬

劳惫乏者，何必海蜃壶领

沁心脾者，松涛梅香月冷

洗六尘者，峭谷啜露盥颍。

脱凡俗者，孤芳洁操逊秽。

皈本真者，江湾胜地化境

60.【凄凉犯】乱红[1]

遇而不得，花殇[2]错、何堪更写悲恻？
春思巧拨，幽馨暗送，独仪[3]旧识。
期期[4]盼摘，托衷曲[5]、鱼沉雁匿[6]。
枉韶华[7]、茕茕[8]曳[9]影，孤傲断崖[10]立。

凛凛霜风悍，扫尽芳菲，肃清山泽。
乱红在劫，遽[11]纷扬、落脂奔泣。
香殒寒溪，逐沧漭、漂沦灭迹。
只回旋、苦韵袅袅，是怨笛。

〖注释〗

①乱红：指落花的动态样子，多喻春光易逝、好景不长，含有伤感、幽怨、迷离的情感。宋代欧阳修《蝶恋花·庭院深深深几许》："泪眼问花花不语，乱红飞过秋千去。"陈悦的笛子曲取名《乱红》，有笛箫吹尽乱红雨的意思。

②花殇（shāng）：就是伤花，花儿枯萎凋零。 引申义：花殇，情殇，人更殇。一般是指女人爱情受到挫折。

③仪：心仪，心中向往、仰慕。

④期期：真挚恳切貌。

⑤衷曲：衷情，心事。

⑥鱼沉雁匿：匿：销声匿迹。古人认为鱼、雁能够传递书信，如鱼笺雁书。而音信断绝，则称：鱼沉鸿断、鱼沉雁落，等等。

⑦枉韶华：徒然虚度美好年华。

⑧茕茕（qióng）：茕茕孑立，孤身一人，无依无靠，孤苦伶仃。

⑨曳：摇曳。

⑩断崖：悬崖峭壁。

⑪遽（jù）：惊慌、仓促。

〖凄凉犯〗

词牌名。宋代姜夔自度曲，有乐谱传世，可以咏唱。姜夔自序云：“琴有《凄凉调》，假以为名。”犯：仙吕调犯双调。一种宫调表达一种情感不够用，侵入另一种宫调。宋代张炎《凄凉犯·过邻家见故园有感》有名句：“荒烟断浦，晴晖历乱，半江摇碧。”

〖宫调〗

仙吕调犯双调。

夷则羽，俗称仙吕调。仙吕调清新绵邈。格调流丽谐婉、缠绵掩抑。忧乐均宜。

夹钟商，俗称双调。双调健捷激袅。格调缠绵哀怨、凄壮激愤。

词作题材有怀古殇逝、国难家恨、边关离索、老渐悲秋、惜花悯人等。

〔格律〕

1. 得、恻、识、摘、匿、立、泽、泣、迹、笛：例用入声韵。

2. 苦韵袅袅，是怨笛：例用七连仄声字。

3. 春思巧拨，幽馨暗送：应对仗。

4. 扫尽芳菲，肃清山泽：可对仗。

5. 花殇错、托衷曲、枉韶华、遽纷扬、逐沧漭、只回旋：领格字。

6. 不得、更写、巧拨、暗送、旧识、盼摘、雁匿、曳影、孤傲、凛凛、扫尽、肃清、在劫、奔泣、香殒、灭迹、袅袅、是怨笛：虚词位。

7. “托衷曲、鱼沉雁匿”“逐沧漭、漂沦灭迹”：也可合并为七字句，则首字为领格字。

〔后记〕

应美篇诗友撷泓之约，为微信公众号“美在高处”根据陈悦《乱红》笛子曲谱写的故事《乱红》填词。

故事梗概：从前有个书生，因为家道中落，云游四方，靠着做笛子的手艺在各地集市上换取盘缠。一天，书生悠扬的笛声引来一位富家小姐，小姐聆听着美妙哀婉的旋律，触动了心头莫名的思绪，那旋律似在诉说着春日迟迟里自家门前的那株桃木，以及满树的飞花。小姐和书生的故事这就开始了，书生不再云游，而是固定摆摊，小姐时常偷偷跑出来，向书生请教吹笛的方法。这样过了一段时间，小姐的父母觉得女儿再不出阁恐怕不妥，于是请媒婆找了门当户对的人家将女儿嫁了。然而夫君不幸病故，未有子嗣。小姐又去集市，再也不闻笛声，只能回到娘家老宅，每天吹着旧曲，希望奇迹发生。只是她不知道，在她嫁去的后一天，书生曾到她家门前的桃木下，吹笛向她道别，曲名《乱红》，正是小姐第一次遇到书生时所闻之曲。彼时，青衣巷 128 号宅前，落英缤纷。

茕茕曳影

青衣巷-道路 杭州市淳安县
路况
全景
图层
天褒节孝坊
青衣巷
到这去
青衣巷（道路）
浙江省杭州市淳安县
收藏
搜周边
导航
添加行程

61.【挽联】悼翻译家、诗人张炽恒先生

纵才译界，殚精匠笔，等身鸿篆笑名利

隐志竹林，照骨诗魂，折羽英年哭德贤

张炽恒

文学翻译家，自由撰稿人，诗人。1963 年出生于江苏南通。专注于经典文学作品的翻译，译著有 20 多种，近 100 个版本在大陆和台湾出版。代表作有译著《泰戈尔诗选》《费兹杰拉德小说选二种》《埃斯库罗斯悲剧全集》《老人与海》《王尔德童话》等，另著有诗集《苏醒与宁静》。

62.【七绝】乡味

谁道豆皮凡素物？难为巧妇觅扶桑。
碟中若见星星泪，莫问羁怀在客乡。

应该是百叶包肉，好不容易买到的百叶，不是国内的那种薄薄的。

63.【贺新郎】西渡

犬子西渡求学，遇恶妇挡道，家门遭难，乃铩羽而归。然心有不甘，衔悲蓄恨，历两载潜心砥砺，终得志焉。

西渡曾遭厄。
恨无端、阴雷纵下，浊澜斜出。
惊现獠妖凶狂泼，口吐飕飕毒螫①。
叹小舸②、冲波回逆。
旷岁寒窗孤烛影，付东流、更与谁穷述？
空怅望，峭台立。

抽刀欲向山梁劈。
但衔悲、沉舟③奋拔，卧薪④耽习⑤。
张满云帆鹏风浩，再驾征洋巨舶。
愿此去、顺潮开吉。
自古英雄多磨难，锲⑥苦功、唯可资凭藉。
天有道，祚⑦恒一。

〔注释〕

①螫（shì）：蜂、蝎等毒刺。

②小舸（gě）：小船。

③沉舟：典故，破釜沉舟。

④卧薪：典故，卧薪尝胆。

⑤耽习：专心学习。

⑥锲（qiè）：雕刻。锲而不舍，金石可镂。

⑦祚（zuò）：赐福，保佑。

〖贺新郎〗

词牌名。北宋苏轼首制，或为《贺新凉》之误传，并非祝贺新婚本意。词调起于北宋，盛于南宋，是宋代使用频率较高的词调。其字数较多，有116字，属于长调，类似于散文体诗，便于铺张，可写尽胸中块垒，一抒郁闷之气，因而被很多名家填制，产生很多变体和别名。此调声情沉郁苍凉、悲壮激愤，词风豪放，宜抒发激越情感。宋代张元干《贺新郎·寄李伯纪丞相》有名句："十年一梦扬州路。倚高寒、愁生故国，气吞骄虏。要斩楼兰三尺剑，遗恨琵琶旧语。"

〖宫调〗

无记载。龙榆生《唐宋词格律·贺新郎》注："大抵用入声部韵者较激壮，用上、去声部韵者较凄郁，贵能各适物宜耳。"

作者参考百度所列典范词作13首，似为双调和越调。

夹钟商，俗称双调。双调健捷激袅，用入声韵。词作题材有感怀国事、国破家难、报国无门等。格调缠绵哀怨、凄壮激愤。

无射商，俗称越调。越调淘写冷笑，用上、去声韵。词作题材有怀人、送别、离愁等。格调缠绵沉重、沉痛悲壮。忧乐均宜，多作激越凄壮之音。

〖格律〗

1. 厄、出、螯、逆、述、立、劈、习、舶、吉、藉、一：入声韵。

2. 烛、磨：网上有注，谓此处均应平声，与前三字连为四连平，方为协律。该说法找不到出处，查明清以前的典范词作也不尽然，故不予考虑。

3. 峭、祚：网上有注，谓此处均应去声。该说法找不到出处，查明清以前的典范词作也不尽然，故不予考虑。

4. 阴雷纵下，浊澜斜出：宜对仗。

沉舟奋拔，卧薪耽习：宜对仗。

5. 恨无端、叹小舸、付东流、但衔悲、愿此去、锲苦功：领格字。

6. 西渡、纵下、斜出、惊现、口吐、冲波、旷岁、更与、欲向、奋拔、耽习、张满、再驾、顺潮、自古、唯可：虚词位。

附录一　宫调

大吕角，俗称高角。高角舒畅悠扬。格调轻扬。

黄钟宫，俗称正宫。正宫惆怅雄壮。格调凄美激壮。

黄钟商，俗称大石调。大石调风流蕴藉。格调豪放激壮。

黄钟羽，俗称般涉调。般涉调拾掇坑堑。格调悲壮激昂。

夹钟宫，俗称中吕宫。中吕宫高下闪赚。格调婉转优雅、缠绵悱恻。

夹钟商，俗称双调。双调健捷激枭。格调缠绵哀怨、凄壮激愤。

夹钟羽，俗称中吕调。中吕调昂扬酣畅。格调雄壮壮美。

林钟宫，俗称南吕宫。南吕宫感叹伤悲，押入声韵。格调谐婉怨抑。

林钟商，俗称歇指调。歇指调急并虚歇。格调慷慨豪壮。

林钟羽，俗称高平调。高平调条拗滉漾。

无射宫，俗称黄钟宫。宫调典雅沉重。格调缠绵沉郁。

无射商，俗称越调。越调淘写冷笑。格调缠绵沉重、沉痛悲壮。忧乐均宜，多作激越凄壮之音。

夷则宫，俗称仙吕宫。仙吕宫清新绵邈。格调谐婉。

夷则商，俗称林钟商。商调凄怆怨慕，押入声韵。格调压抑凄凉、低回沉抑、幽咽情调。

夷则羽，俗称仙吕调。仙吕调清新绵邈。格调流丽谐婉、缠绵掩抑。忧乐均宜。

仲吕宫，俗称道宫。道宫飘逸清幽。

仲吕商，俗称小石调。小石调旖旎妩媚。

附录二　常用领格字

一字领

任	看	独	自	正	待	乍	怕	总	俱	向	爱	只
奈	似	但	想	相	更	算	况	且	尚	嗟	怅	畅
快	早	尽	凭	竟	竞	叹	方	将	未	试	势	必
数	已	应	须	若	莫	倘	便	怎	恁	过	顿	渐
对	又	料	甚	追	念	忆	憎	恨	恐	望	思	记
惜	憾	怨	愁	欲	漫	把	恰	问	就	引	纵	仍
泛	映	步	破	去	秉	赋	冠	历	共	至	谓	为
处	素	务	故	顾	继	会	最	籍	化	借	仗	当
闻	穿	听	却	伴	付	切	略	掠	岂	别	曾	可
比	满	放	暂	遽	笑	哭						

两字领

试问	但问	且问	莫问	莫是	莫不	莫话	莫道	谁道
又是	就是	不是	却是	应是	长是	好是	可是	正是
更是	更与	更有	更就	更见	更写	诧是	方且	且共

忆共	记共	长记	却忆	却又	恰又	恰是	恰似	绝似
似此	似有	犹自	犹还	又还	还又	忘却	纵把	拼把
哪知	哪番	哪堪	不堪	堪羡	谁料	孰料	难料	漫道
漫渐	暮渐	目渐	何自	奈何	何奈	怎奈	可奈	其奈
相看	相顾	相伴	掩没	扫尽	一扫	一旦	一往	一叹
慨叹	势如	势若	莫若	势必	不须	不如	不知	不觉
不尽	无尽	尽随	立尽	欲向	遥向	遥相	遥想	乍向
忍向	洒向	记曾	闻道	闻略	略闻	领略	况值	无端
无际	独有	独守	独见	又见	不见	还见	只今	只去
直恐	一场	早知	悔不	也须	多少	几多	几度	怎禁
仍旧	依旧	依然	如故	还是	照旧	今日	昔日	十载
廿载	卅载	自古	旷古	旷岁	千古	万古	古来	固自
犹自	总爱	消得	记得	何期	任凭	凭栏	追念	梦回
回念	谁念	自念	因念	但念	但等	又恐	最惜	最是
可喜	追思	追想	犹记	犹恨	长恨	唯可	唯去	唯有
岂有	岂再	惊现	把酒	纵笔	当年	当时	当春	当在
独唱	滚滚	楚楚	淼淼	霏霏	萧萧	潇潇	浩浩	皓皓
凛凛	满目	满眼	放眼	翘首	翘望	望断	断吹	吹断
魂断	寒彻	此生	千里	万里	千年	万年	空憾	空待
惘待	只待	一别	阔别	别来	别有	竟夜	长夜	顿忽
须臾	倏尔							

三字领

莫不是	都应是	又早是	又况是	又何妨	又匆匆
又却是	太无端	恨无端	最无端	最难禁	最可惜
最不遣	更何堪	更那堪	更那知	君知否	君不见
今又见	今不见	今独见	君莫问	再休提	到而今
况而今	忆前番	记当时	忆当年	当此际	当绝峭
问何事	至今想	倩何人	怎禁得	且消受	俱东流
付东流	都付与	空怅望	空负了	嗟多少	多少恨
更能消	更别有	待行到	待从头	便有人	且醉拼
便只合	对满目	凭谁诉	凭栏处	凭栏望	临风望
从此后	每追念	今谁料	谁堪料	又岂料	又怎料
更难料	凝望处	但衔悲	伤离别	愿此去	寒心彻
道与谁	竞万里	立长亭			